www.ingramcontent.com/pod-product-compliance
Ingram Content Group UK Ltd.
Pitfield, Milton Keynes, MK11 3LW, UK
UKHW021927070225
454812UK00012B/846

9 781738 363827

پدرم کالیگولا را می‌کُشد

هشدار: محتوای این کتاب حاوی توصیف صحنه‌هایی (بدون چاپ تصویر) از خشونت، مثله‌کردن، کُشتن، مصرف مواد مخدر و ارتباط جنسی با جزئیات کامل است. با توجه به این موارد، تصمیم‌گیری برای مطالعهٔ این کتاب بر عهدهٔ خواننده است.

باسم الله الرحمن

پدرم کالیگولا را می‌کُشد

نویسنده:

علیرضا جوانمرد

نشر رها

ونکوور، کانادا

نشر رها، بخش انتشارات کتاب رسانهٔ همیاری - ونکوور، کانادا
چاپ اول: ۲۰۲۵ میلادی - ۱۴۰۳ خورشیدی

همهٔ حقوق محفوظ و متعلق به نشر رها است.
هیچ بخشی از این کتاب بدون اجازهٔ مکتوب ناشر قابل بازنشر، تکثیر یا تولید مجدد به‌هیچ شکلی ازجمله چاپ، کپی، انتشار الکترونیکی، فیلم، عکس و صدا نیست.

پدرم کالیگولا را می‌کشد
نویسنده: علیرضا جوانمرد
ویراستار: ترانه وحدانی
طرح جلد: علیرضا جوانمرد
صفحه‌آرایی و چاپ: نشر رها
شابک نسخهٔ چاپی: 978-1-7383638-2-7
شابک نسخهٔ الکترونیک: 978-1-7383638-3-4

Rahaa Publishing is the book publishing division of Hamyaari Media Inc.
PO Box 31055, St Johns Street, Port Moody, BC V3H 4T4, Canada
+1-604-671-9505
info@rahaa.pub
www.rahaa.pub

Copyright © 2025 by Rahaa Publishing
All rights reserved, including the right to reproduce this book or portions thereof in any form whatsoever. Without limiting the rights under copyright reserved above, no part of this publication may be reproduced, stored in or introduced into a retrieval system, or transmitted in any form or by any means (electronic, mechanical, photocopying, recording or otherwise), without the prior written permission of the publisher.

Pedaram Kālīgūlā rā mīkoshad
(My Father Kills Caligula)
Alireza Javanmard
Editor: Taraneh Vahdani
Cover Design: Alireza Javanmard

دربارهٔ نویسنده

علیرضا جوانمرد، زادهٔ سی‌ام مرداد سال هزار و سیصد و پنجاه و هفت هجری خورشیدی در تهران است. تحصیلات رسمی او در رشتهٔ مهندسی مکانیک است؛ مدرک کارشناسی خود را از دانشگاه علم و صنعت تهران اخذ کرده و کارشناسی ارشد را از دانشگاه صنعتی اصفهان. او از سال هفتاد و هفت در نشریهٔ طنز گل‌آقا (هفته‌نامه و ماهنامه) به‌عنوان نویسنده و عضو تحریریه تا پایان انتشار آن نشریه فعالیت می‌کرد. در عین حال از سال هزار و سیصد و هفتاد و شش در هنرستان داستان و بعدها مدرسهٔ داستان به مشق درس داستان پرداخته است و خود را دانش‌آموز همیشگی این مدرسه می‌داند. بارها برندهٔ جوایزی در جشنواره‌های داستان‌نویسی، طنزنویسی و فیلمنامه‌نویسی شده است. از وی مجموعه‌داستان کوتاهِ پیشانی‌نوشت‌ها و رمانِ بلند شو قهرمان منتشر شده است. در کارنامهٔ او نگارش چند فیلمنامه برای تلویزیون ایران و ساختن دو فیلم آزاد داستانی سی‌دقیقه‌ای نیز هست.

او در بخش‌هایی از مصاحبه‌ای که نکرده، گفته است:

«جیمز جویس در کتاب پرترهٔ مرد هنرمند در روزگار جوانی نوشته است که مرد هنرمند خدمتگزار ایده‌های خویش

است و اسکار وایلد در کتاب تصویر دُریان گِری چنین گفته که هر پرتره‌ای که با احساس کشیده شود، پرتره‌ای از خود هنرمند است، نه از کسی که موضوع نقاشی است. من ساده‌دلانه این جملات را باور کرده‌ام و باورمندانه به آن‌ها عمل کرده‌ام. به‌همین جهت، متناسب با همین ساده‌لوحی که مخصوص باورمندان است، ابلهانه پنداشته‌ام که هنرمندم و همیشه تلاش کرده‌ام پرتره‌های بااحساس بکشم و جز به ایده‌های خود، به چیز دیگری فکر نکنم. فراموش کرده‌ام بعد از کشیدن پرترهٔ خود در قالب پرتره‌های دیگران، باید آن را جایی عرضه کنم. یعنی آن‌چنان ابلهانه در احساس خود غرق می‌شوم که یادم می‌رود این پرتره، بعد از تولید، باید یک اتفاقی برایش بیفتد و به‌عبارت دیگر، ارباب قدرت و ثروت و شهرت و رسانه را به‌کلی فراموش می‌کنم.»

«بارها گمان کرده‌ام که انتشار نوشته‌هایم، حداقل به این صورت که من می‌نویسم چه فایده دارد؟ من حس می‌کنم گویندهٔ یک رادیو در یک ایستگاه رادیویی شخصی متروک هستم که طول موج فرستنده‌اش روی هیچ گیرنده‌ای دریافت نمی‌شود. واقعاً بی‌فایده است.»

«ارسطو در جملات آغازین کتاب مابعدالطبیعهٔ خود، فلسفه را می‌ستاید از این حیث که جز به‌خاطر خود، فایدهٔ دیگری ندارد. من نیز با تأسی از ارسطو و با تسلای فلسفه، نوشته‌هایم را منتشر می‌کنم.»

علیرضا جوانمرد، در روزی از روزگاران به‌گاهی که چون زادروزش

دقیقاً به تاریخ هجری شمسی و قمری و میلادی قابل بیان خواهد بود و در مقیاس تاریخ بشر، آن روز، زود خواهد بود، سر به تیرهٔ تراب فرو خواهد کرد تا روز داوری که به شفاعت شفیعان امیدوار است.

مقدمه‌ای به‌قلم دومین خوانندهٔ کتاب

نمی‌دانم جهان داستان فارسی در ایران، از رمان و داستان کوتاه، به‌قدر یک برکه است یا اقیانوس یا چیزی در این میان. و نمی‌دانم اصلاً این پرسش چقدر موجه و قابل‌بررسی است (اندازه‌گیری این دست جهان‌ها ساده نیست و حتی با مقایسه هم نمی‌شود اندازهٔ معتبری به دست داد). اما یک پرسش مهم دربارهٔ جهان داستان فارسی در ایران این است که این جهان چه سهم و نقشی در برساختن تجربه‌های مشترک تاریخی فارسی‌زبانان در سدهٔ گذشته داشته است؟ جهان داستان فارسی چه سهمی در شکل‌گیری روایت‌های مختلف از تاریخ معاصر داشته است؟ چه نسبتی با رخدادهای تاریخی، احوالات متنوع مردمان سرزمین ایران، تجربه‌های جمعی اقوام، گروه‌ها و بوم‌های متنوع این سرزمین داشته است؟ و این جهان چقدر توانسته در توسعهٔ جهان کوچک اندیشه‌های فلسفی - انتقادی در ایران مشارکت کند؟ پرسش آخر شاید کمتر از باقی پرسش‌ها دیده و بحث شده است. درحالی‌که دربارهٔ نسبت جریان‌ها و ادوار مختلف داستان‌نویسی در ایران معاصر، بحث و بررسی‌های خوبی درگرفته، اما دربارهٔ تعامل میان جهان داستان و اندیشه‌ورزی فلسفی کمتر کار جدی‌ای صورت گرفته

است. نقدهـای تاریخـی و سیاسـی و مذهبـی بخـش جدی‌ای از درون‌مایه یـا دلالت‌هـای ضمنـی ادبیـات داسـتانی فارسـی را سـاخته‌اند. بسـیاری از ایـن نقدهـا، مرئـی و نامرئـی، بر شـانه‌های نگاه‌هـای فلسـفی یـا ایدئولوژیک ایسـتاده‌اند. داسـتان‌های مهمـی در ادبیـات معاصـر فارسـی، اندیشـه‌های فلسـفی درخشـانی را در پس واژگان و پی‌رنگ‌ها و شخصیت‌پردازی‌هایشـان پرورانده‌انـد. بـا اینکـه دربـارۀ زمینه‌هـای تاریخـی و سیاسـی ـ اجتماعـی آثار مهم ادبیات داسـتانی فارسـی، گفت‌وگو و نقدهایی جریان داشـته، اما افسوس کـه بـه درون‌مایه‌هـای فلسـفی و اندیشـه‌های عمیقـی کـه در ادبیات داسـتانی نهفتـه شـده، کمتـر وقعـی نهاده‌ایم.

گویـی داسـتان‌نویسی و جهـان داسـتانی، به‌سـوی برکۀ بسـیار کوچک اندیشـه و فرهنـگ ایرانـی معاصـر، راهـی هرچنـد باریـک نیز نیافتـه اسـت. شـاید مشـکل از برکۀ اندیشۀ انتقادی و روشنفکری اسـت که دریای ادبیات را از خـود رانـده اسـت، شـاید هـم مشـکل از هـزاران سـد و آب‌بنـدی اسـت کـه در برابـر برکـۀ راکد اندیشـۀ فلسـفی و روشـنفکری گذاشـته‌اند تـا مبادا طغیـان کنـد! از همان سـدهایی کـه صدها بـار بر سـر ورودی‌هـای اندک برکـه یـا اقیانـوس ادبیـات نیز برپـا کرده‌انـد. هم اهل فلسـفه و به‌اصطلاح روشـنفکران اهمیـت چندانـی بـرای ادبیـات و هنر مدرن قائـل نبوده‌اند، هم سیاسـت هراس‌زدۀ معاصـر، راه‌های سرراسـت تعامل و پویایی میان ادبیات و روشـنفکری را بـا چـوب و چمـاق بسـته اسـت. هرچـه هسـت، برکـه یـا اقیانـوس داسـتان فارسـی، با وجود اندیشـه‌های غنـی و پیشـرویی که درونش نهفتـه بـوده، نقشـی بـه فراخـور خـود در شـکل‌دادن بـه جریان‌هـای فکری معاصـر نیافتـه اسـت. نـه مجموعـۀ پیوسـته‌ای از کتاب‌هـا و پژوهش‌هـای جـدی دربـارۀ درون‌مایه‌هـای فکـری ـ فلسـفی آثـار داسـتانی پدیـد آمـده اسـت، نـه جریان‌هـای ادبـی (آیـا اصلاً دیگـر رمقی برایشـان مانـده؟) دربارۀ

قابلیت‌های جهان داستان فارسی، نقد و گفت‌وگوهایی راه انداخته‌اند، نه درس و کلاسی برای تحلیل جهان‌های فلسفی نهفته در ادبیات داستانی فارسی برگزار می‌شود، نه اساساً انگیزه‌ای برای چنین گفت‌وگوها و تحلیل‌هایی هست. جهان داستان فارسی خودش هم شاید به‌مرور از خلاقیت فلسفی و روشنفکرانه تهی‌تر می‌شود و به روزمرگی و راکدماندن در باتلاقی که سیاست هراس‌زده برایش ساخته، بسنده می‌کند.

اما این فقط یک جور نگاه‌کردن به ماجرای جهان داستان فارسی در صد و چند سالگی اوست. راستش این است که این جهان، خودش راهی بوده برای متفکرانی که می‌خواستند دربارهٔ عمیق‌ترین مفاهیم جهان انسانی بیندیشند، اما نه در قالب‌های خشک متون رسمی و درسی. داستان‌نویسی در ایران، شاید بسیار بیشتر از جاهای دیگر، راهی غیرمتعارف و نامأنوس بوده برای اندیشیدن؛ بیان اندیشه، اعتراض و نقد روشنفکرانه. منظورم نه‌فقط اعتراض سیاسی است، که این یکی دستِ‌کم تا حدودی دربارهٔ داستان فارسی به‌دیده گرفته شده است. اعتراض و نقدی که در داستان فارسی جریان یافته، اعتراضی است به جریان‌های فلسفی و روشنفکری خشک و بی‌تفاوت به زمین واقعیت. اگر جریان‌های فلسفی و روشنفکری در پرداختن هر نوع فلسفهٔ عملی و سیاسی ـ اجتماعی ناتوان بوده‌اند، اهل ادبیات در این زمینه شاید هوشمندانه‌تر دست‌به‌کار شده‌اند. داستان‌نویسی برای برخی نویسندگان معاصر ایران، همان جای درست و امن برای خلق اندیشه‌های عمیق و اعتراضی دربارهٔ معنای زندگی، تنوع شیوه‌های فهم حیات، تحلیل ادراک و تجربه‌های انسانی بوده است. اگر در برکهٔ فلسفه و اندیشه‌ورزی رسمی، هیچ متفکری برنیامده که مانند نیچه دربارهٔ معنای نیک و بد، بنیادهای اخلاق، معنای زندگی، نسبت شهروندان ایران معاصر با الهیات سیاسی متغیر و سرکوبگر، دردهای انسان‌های فراموش‌شده،

معنای دانش و تکنولوژی و مسئله‌های بـزرگ دیگر، عمیق و مستقل و خلاقانه بیندیشد، اما می‌تـوان در جهان ادبیـات داستانی، نمونه‌های خوبی از این اندیشه‌ها را سـراغ گرفت. آثاری مانند ملکوتِ بهرام صادقی که خود را گرفتار قفس تنگ نوشتار فلسفی نکرده‌اند، اما جهان داستانشان همزمان سرشـار از معانی عمیق و خلاقیت‌هـای فلسفی‌سـت، بسی عمیق‌تر و خلاقانه‌تر از پراکنده‌نوشته‌های فلسفی وارداتی و دسـت چندم اسـت. و باید تأکید کنم مراد من از داستان فلسفی، داستانی بـرای تبیین اندیشهٔ خاص یـا جدال با اندیشه‌ای متخاصم نیست. داستانی اسـت کـه عمیقاً با انسان به‌تمامی، بـا ذهن و حـواس و شـعورمندی و بدنمنـدی‌اش درگیر می‌شـود و معنایش معنای انتزاعی صرف نیست.

داسـتان همه‌جـا همین‌طـور بـوده اسـت. داستان همیشـه می‌توانسته پناهگاهی برای اندیشـه باشـد؛ جایی که به اندیشه‌ها در برابر چنگال خشـن چیـزی به‌اسـم عقلانیت، پنـاه می‌دهد؛ جایی که اندیشـه‌های عمیق را از تیغ سانسورِ بیـان صریـح حفظ می‌کنـد ـ بگذریم کـه تیغ سانسور در ایـران، به ادبیـات داسـتانی بی‌رحم‌تر اسـت، خـواه از ادبیات فاخـر و غنی باشـد خواه از ادبیـات زرد و کم‌مایه. (تأکید کنم کـه مـرادم از اندیشـه در برابر عقلانیت، یعنی مفهومی که با همهٔ زوایای احساسـی و شـعوری انسـان مرتبط اسـت و نه‌فقط آنچه که در اصطلاح rational خوانده می‌شـود.) امروز آن‌قدر دربارهٔ این موضوع بحث شـده و نوشـته‌اند که برایمان روشـن اسـت داستان‌ها چه پرمایه و گران‌بار از اندیشه‌های عمیق دربـارهٔ معنـای زندگی و مسئله‌های انضمامی حیـات بشرند. هرچند کـه جهان داسـتان فارسـی در ایـن زمینه، مـدام آب می‌رود و خیلـی از خواننـدگان داستان فارسـی، هرچه بیشتـر به ادبیـات سـطحی و کم‌مایـه روی خوش نشـان می‌دهند تا به ادبیات فاخری کـه جهان‌هایـی پیچیـده و پرمایه خلـق می‌کنند.

این‌ها را نوشتم تا به یاد بیاوریم که داستان فارسی، با تاریخ کوتاه اما پرماجرایش، در جاهایی می‌تواند منبعی غنی برای بازیابی و کشف اندیشه‌های عمیق دربارۀ معنای زندگی، امر سیاسی، رنج بشر و طبیعت، الهیات، فرهنگ، و بودن باشد. کافی است بخواهیم که این جهان را با عینکی دیگر مشاهده کنیم و به‌جای فروکاستن داستان به قصه و توالی رخدادها، به جهان معنایی پشت داستان‌ها نیز گذر کنیم.

رمان پدرم کالیگولا را می‌کشد، نمونه‌ای مثال‌زدنی از یک جهان داستانی سرشار از اندیشۀ انتقادی و خلاقانه است. این رمان، بدون آنکه از قضاوت بازار پررونق سطحی‌نویسی بهراسد، جهانی پیچیده و تودرتو از معانی می‌سازد. بی‌آنکه داستان را افشا کنم، می‌توان خلاصه گفت که پدرم کالیگولا را می‌کشد، در سطح نخست، یک داستان عجیب و جذاب دارد که آن را خواهید خواند... این پی‌رنگ عجیب، در متن لایه‌های تودرتوی استعاره‌ها، ساختار روایی پیچیده و پسامدرن، روابط میان‌متنی با متون ادبی و تاریخی و مذهبی، و فضاسازی‌های بهت‌آور ساخته می‌شود. تحلیل روایت‌شناسانۀ این رمان، مستلزم بررسی ساختار پیچیده و عناصر روایی مختلف آن است. رمان، در فرم، از انواع ساختارشکنی بهره می‌برد: از روایت و راوی نامعتبر، تا دخالت‌های متعدد راوی و متالپسیس (تغییر سطح روایت)، سخن گفتن شخصیت‌ها با مخاطب و ورود ناگهانی‌شان به ساحت نقد متن رمانی که خودشان شخصیت‌های آن‌اند، سربرآوردن راویان متعدد، ابهام و ادغام شخصیت‌ها در همدیگر، بینامتنیت در اشاره‌ها به متون مقدس و تقلید از آن‌ها، ادبیات داستانی معاصر فارسی و جهان، استفاده از پاورقی‌ها در تقلید و نقد متون علمی و رخدادهای تناقض‌آمیز. جالب اینجاست که همۀ این عدول‌های فرمی، با درون‌مایه و سیر رخدادها و شخصیت‌های داستان، وابستگی معنایی دارد و صرفاً برای

ذوق‌آزمایی و به‌اصطلاح ادای شکلی به کار نرفته‌اند.

این نکته وقتی روشن‌تر می‌شود که به منطق روایت در این رمان توجه کنیم: شاید هیچ منطقی جز خواب، خواب‌های کابوس‌مانند و تکرارشونده، نتواند شیوهٔ روایت این رمان را توضیح بدهد. فضاهایی که در این رمان ساخته می‌شوند، در بیشتر موارد، آن‌قدر عجیب و تازه‌اند که با خیال‌پردازی‌های آشنا، جور درنمی‌آیند. و همیشه رخدادها در حالتی میان خیال و واقعیت جهان روایت در حال وقوع‌اند. نمی‌توان مرزی میان خیال‌ها، توهمات، آرزوها، و رخدادهای جهانِ واقعِ روایت برای قهرمان داستان تشخیص داد. حتی گاهی نمی‌توان مطمئن بود که شخصیت‌های مختلف، فرافکنی‌های شخصیت اصلی داستان نباشند. در برخی فصل‌ها، تصویرسازی‌ها چنان تکان‌دهنده، خشن، یا تهوع‌آور است که دنبال‌کردن سطرهای داستان دشوار می‌شود. این نشان می‌دهد تصویرها و جزئیاتشان بسیار زنده و اثرگذار پرداخته شده‌اند. شاید خون‌بارترین فیلم‌های تارانتینو این‌چنین به خون، خشونت، و شهوت عریان آغشته نباشد. و البته این صحنه‌های تکان‌دهنده، عامدانه چنین عریان ترسیم می‌شوند. این تصویرها هم‌زمان با پیشبرد رخدادهای داستان، به‌وضوح حوادث سیاسی‌ای در تاریخ اسلام و در ایران معاصر، به‌طور ویژه دهه‌های اخیر، را زنده می‌کنند، مانند صحنه‌های تعزیه که ناگهان در همان جهان داستان به واقعیت تبدیل می‌شوند، صحنهٔ حسینیهٔ بزرگی که پر از مخالفان دستگیرشده است و دیگر جایی برای سوزن‌انداختن ندارد.

خشونت باورنکردنی و دشوارخوان این صحنه‌ها، در هر کلمه به خواننده نهیب می‌زند که آیا این صحنه‌ها روزی روی زمین واقع، و در جهان بیرون از روایت، محقق شده‌اند؟ این نه‌فقط نقدی گزنده به خشونت انسان به خویشتن و دیگری در تاریخ انسانیت است، بلکه رنج عمیق آن دیگرانِ درگیر

این رخدادهـا را در بـدن و بـاور خواننـده بازمی‌آفریند. شـاید در برخی فصل‌هـا نتـوان جلـوی دردی در ناحیـهٔ رحـم یا شکمتان را بگیریـد، و در برخی فصل‌ها خاطـرهٔ سـوزش بریده‌شدن دست‌هایتان حاضر شـود. این احضار احساسات در میانـهٔ خشـونت و شـهوت بی‌امان در تصویرهایی کـه در خاطرهٔ جمعـی ایرانیان ثبت شـده‌اند، خودبه‌خود نقـدی عمیـق نسـبت بـه خشـونت را می‌سـازد. در بیشـتر فصل‌هـا، جهان داسـتان با تصویرهـای معروف در تاریخ اسـلام و تاریخ معاصـر ایران ادغـام می‌شـود و گویی زمان داسـتان، بلکه زمان ذهنی خواننده، از قرن‌هـای پیـش تـا امروز، کشـیده می‌شـود. شـاید این شـیوهٔ نقد خشـونت و پیـشِ چشـم کشـاندن رنـج و درد عمیـق انسـان‌ها در گیـرودار کشـمکش‌های روانـی و سیاسـی و اخلاقـی، از بسـیاری بحث‌هـای فلسـفی و جامعه‌شناسـانه دربـارهٔ خشـونت و رنـج و فراموشـی دیگـری، مؤثرتر باشـد. این همـان قابلیتی اسـت در جهان داسـتان فارسـی کـه می‌توانـد از منظری فراتر و بـا اثری عمیق‌تر از کتاب‌هـای رسـمی و درسـی، به‌معنای رنـج و حیات و بودن و اخلاق بیندیشـد.

گفتـم کـه آن پی‌رنـگ سـاده، عجیـب و یک‌خطـی، در بسـتری غنـی از اندیشـهٔ انسـانی و انتقـادی محقق می‌شـود. کشـف درون‌مایهٔ اصلـی این رمان مسـتلزم همراه‌شـدن بـا آن و یکی‌یکی کنارزدن پرده‌های نقدهایی اسـت که یکی پس از دیگـری، در همین جهان داسـتان، نقد می‌شـوند. در نگاه نخسـت بـه نظر می‌رسـد ایـن رمان در پـی نقد غرب‌زدگی اسـت. شـخصیت اصلی یـا قهرمـان داسـتان، رؤیـای به‌زیرکشـاندن غـرب را در سـر دارد. او می‌توانـد نماینـدهٔ بنیادگرایـی افراطـی باشـد کـه می‌خواهد بـا سـطحی‌ترین شـعارها، غـرب را نقـد کند. هم‌زمـان، پاورقی‌هـا در لایـه‌ای عمیق‌تـر و بـا طنزی گزنده، سـلطهٔ مطلـق غـرب بر جهان را به نقد و ریشـخند می‌کشـد. اما به‌مرور و بـا ورود شـخصیت‌های دیگر به جهان داسـتان، همین اندیشـهٔ نقد سـلطهٔ غرب نیـز به شـکل‌های مختلف نقد می‌شـود.

در برخی فصل‌ها، قهرمان منفی داستان، که گاهی با شمر به‌عنوان نمایندهٔ بنیادگرایی اسلامی یکی می‌شود، و بیشتر از او، شخصیت ناصرالدین‌شاه که با کاراکتر کالیگولای قدرتمند، حکیم و شهوت‌ران یکی می‌شود، غرق در تکنولوژی و همهٔ دستاوردهای تکنیکی و فرهنگی غرب تصویر می‌شوند. حسینیه‌ای که ساخته‌اند، بزرگ‌ترین و برترین و مجهزترین حسینیهٔ جهان، با همهٔ ترین‌های ممکن، از ریز و درشتش با تکنولوژی غربی ساخته می‌شود. حتی منبر عظیمی که قرار است ناصرالدین‌شاه بر آن مستقر شود، از ایتالیا می‌آید. همهٔ هدف این شخصیت‌ها، مغلوب‌کردن غرب است؛ درحالی‌که در غرب‌زدگی غرق و مقهورند. آن‌ها فقط وقتی از نتیجهٔ کارشان راضی خواهند بود که رسانه‌های غربی، فعالیت‌هایشان را معتبر بدانند درحالی‌که آن رسانه‌ها هیچ توجهی به این شخصیت‌ها ندارند. این تناقض بدون آنکه گفته شود، بارها در رمان ساخته می‌شود.

در لایه‌ای دیگر، نقد غرب جای خود را به نقد سلطهٔ رسانه و تسطیح فرهنگی و فراموشی مطلق معنا در رسانه‌های جمعی می‌دهد. مردمانی که حسینیه را می‌چرخانند، مشاهیر اینستاگرامی‌اند که فقط برای جذب مخاطب و کسب درآمد، لباسشان را عوض کرده‌اند. و خیل مردمانی که بدون هیچ فهم و عاطفهٔ عمیقی، فقط مشاهده‌گر و دنباله‌روی مظاهر قدرت‌اند؛ قدرت‌های سیاسی، رسانه‌ای، یا اقتصادی. فضاسازی حسینیه و همهٔ فصل‌های مربوط به آن، با سروصدا و زرق‌وبرق و اضطرابی عمیق همراه است؛ دیالوگ‌هایی با کلمه‌های پیچیده و ادعاهای بزرگ و رؤیاهای باورنکردنی. در مقابل این فضا، خانهٔ پدر و مادر قهرمان ساخته می‌شود که با آرامش و سادگی و وفاداری صادقانهٔ مادر به پدری که از دنیا رفته، پر می‌شود. خانه، نه نشانه‌ای از شرقی‌بودن دارد نه غربی‌بودن. آنجا به‌سادگی، خانه است. جایی که فقط عشق و دلسوزی و مراقبت از حیات کار می‌کند.

همین‌طور فضای قبرستان ادامه‌ای از فضای خانه است؛ جایی که مادر به پدر درگذشته می‌پیوندد و البته پدر همیشه در خانه کنار آن‌هاست!

از اینجا می‌توان به لایهٔ عمیق‌تری از درون‌مایهٔ داستان راه برد. پدرم کالیگولا را می‌کشد، تقابلی میان پدر و پسر را می‌سازد؛ پدری که درگذشته، اما زنده است، و آرزویش مرگ است. و پسری که خواهان زندگی است و اینکه تمام آرزوها و خواست‌ها و میل‌های جهان را زندگی کند. پدر در جهانِ بسیار سادهٔ خودش می‌خواهد عاشقانه‌مردن را تجربه کند. و پسر در جهان پرطمطراق و مذهبی‌اش، تجسم کاملی از تمامیت‌خواهی و خودخواهی و زیاده‌خواهی است. تقابل میان مرگ و زندگی و برتری مرگ عاشقانه در برابر زندگی خودخواهانه، درون‌مایهٔ قبلی را نیز در خود می‌بلعد. گویا مسئلهٔ اصلی اصلاً غرب و سلطه و سرکوب و تفوق سیاسی ـ فرهنگی نیست. مسئله اصلاً دربارهٔ معنای زندگی است. قهرمان داستان درحالی‌که تردیدی ندارد مانند همهٔ انسان‌های دیگر خواهد مرد، اما نمی‌تواند در برابر رؤیاهای تمام‌نشدنی‌اش مقاومت کند. خواستن‌ها متوقف نمی‌شوند. همان‌طور که برای ناصرالدین‌شاه که قدرت مطلقه دارد، همچنان تمناهای زیادی باقی مانده است. در عین حال، قهرمان رمان می‌داند که روزی خواهد مرد درحالی‌که همهٔ آرزوها را باید با خودش به گور ببرد. پس یک جا می‌گوید ما باید از این درد خودکشی کنیم، اما چاره چیست که مادرم مدام مرا به دنیا می‌آورد. قهرمان داستان، مدام به دنیا می‌آید، مدام در آرزوها و خواست‌ها غرق می‌شود، و مدام با وجدان معذبش و پدری که مرگ را به او یادآوری می‌کند، مبارزه می‌کند، تا به فراموشی مرگ برسد. او با پدر دشمن است، چون پدرش، دشمن آرزوهاست. و او مدام از آغوش مادرش که می‌خواهد او را به دنیا بیاورد، به آغوش فراموشی می‌غلتد. بنابراین، در لایهٔ عمیق‌تر، رمان پدرم

کالیگولا را می‌کشد، دیالکتیک میان مرگ و زندگی است و بالانشاندن مرگ در برابر فراموشی آن.

اما در لایه‌ای کم‌رنگ‌تر و به‌گمانم بسیار عمیق و استعلایی، درون‌مایهٔ این داستان عشق بی‌قیدوشرطی است که در شخصیت آرام مادر تصویر می‌شود. مادر، که گاهی با پدر یکی می‌شود، در ساده‌ترین شکل‌های ممکن، به پسرش عشق می‌ورزد. او از پسری که در دل دارد، عاشقانه مراقبت می‌کند، هرچند همین حالا در برابر چشمانش، تقدیر سیاه و تباه این پسر را می‌بیند. اما او را می‌زاید، هرگز قضاوتش نمی‌کند، دوستش می‌دارد و امیدوارانه به او کمک می‌کند تا زنده باشد. درست خلاف پدر که در تمنای مرگ است، مادر برای زنده‌ماندن فرزندش، صبورانه زندگی می‌کند و بسیار آرام می‌میرد. و انگار همهٔ آدم‌های داستان، فرزندان او هستند. او با هیچ‌کدام از شخصیت‌ها خصومتی ندارد، همه را دوست دارد، و جان همه را عزیز می‌شمارد. مادر، درست همان‌جایی ایستاده که قهرمان داستان در تنهایی خویش و در حدیث نفسش آرزو می‌کند؛ در فراسوی نیک و بد، حتی فراتر از آنچه نیچه می‌گوید، درحالی‌که داستان بارها به نیچه ارجاع می‌دهد. مادر حتی به تقسیم‌بندی‌های اخلاقی متعارف هم کاری ندارد. او فقط می‌خواهد جان بدهد، از جان‌ها مراقبت کند و امید ببخشد، هرچند جانش را در سکوت، در صحنه‌ای بهت‌آور، از دست بدهد.

اینجا، معنای زندگی، در سطحی استعلایی، نه‌فقط فراتر از مرگ و اخلاق، بلکه در خود معنای حیات و ارزش و زیبایی ذاتی آن تصویر می‌شود. اگر بحث و کتاب‌های فلسفی در ایران معاصر از تحلیل‌های چندلایه و پیچیده دربارهٔ معنای زندگی تهی شده‌اند، اما جهان داستان فارسی می‌تواند در برکهٔ کوچک ولی بسیار عمیقش، به این پرسش‌ها، پیوسته بیندیشد و پیوسته به اندیشیدن فرابخواند؛ نه در غارهای تنهایی

و قله‌هـای انتـزاع متکبرانـه، که در یک فضای مشـترک از خاطـرات جمعی تاریخـی و تجربه‌های زیسـتهٔ انسـانی از رنج و فراموشـی و امیـد. در فصل سـی و نهـم، راوی، یـا شـاید هـم نویسـندهٔ پـدرم کالیگـولا را می‌کشـد، می‌گوید راسـت‌ترین داسـتان جهان، داسـتان چوپان دروغگوست، چون او از تجربـهٔ زیسـته‌اش از نگرانـی از گـرگ و مرگ، برای مردم شـهر حرف زده اسـت. و حالا او نیز می‌خواهد شـجاعانه، بی‌آنکه از ارباب قدرت سیاسـی و رسـانه و بازار روشـنفکری سطح‌نگر بهراسـد، اضطراب‌ها و تأملات ذهن خـود را مکشـوف کنـد و خواننده‌هـا را به‌عنـوان هم‌سـفرانی در مسـیرهای مشـابه، به مکاشـفهٔ این ذهـن مکشـوف فرابخواند. نمی‌دانم جهان داسـتان فارسـی، برکه اسـت، اقیانوس اسـت، و چقـدر عمیق، امـا می‌توانم بگویم ایـن جهـان، بخـش بزرگـی از بـار اندیشـه را در زبـان و جهـان مـا به دوش کشـیده اسـت؛ باری که حملـش ممنوع بوده اسـت و مأمـوران حملش، از بلندکـردن آن در مانده‌انـد.

دومین خوانندهٔ کتاب، مشهور به قاری ثانی

فهرست

فصل اول

خواننـدگان گرامی! توجـه فرماییـد! خواننـدگان عزیز! توجـه فرماییـد! خداوند
بـا شـما سـخن می‌گویـد. خدای بزرگ و بلندمرتبۀ لاشـریک که دیگر خدایی
جز او نیسـت و حی لایموت اسـت. اینجانب خدا، که در بین زمینی‌ها با نام
شـمر هم شـناخته می‌شـوم، مانند تمامی خدایان راسـتین تاریخ مظلوم واقع
شـده‌ام. بسـیار مظلوم. به‌اعتقـاد من، کفـر و نادیده‌گرفتن و انـکار بزرگ‌ترین
ظلـم ممکـن اسـت و مـن نادیده گرفته شـده‌ام. آیـا چنین سزاسـت که بخش
کوچکی از محققان تاریخ اسـلام در جهان و بخش کوچکی از جهان اسـلام
من را بشناسـند و دیگر هیچ؟ آن وقت شـهرت نیچه جهانگیر باشـد ولی من،
آن ابرمـرد باشـم کـه در فراسـوی نیک و بد ایسـتاده، فارغ از اخـلاق بردگان،
خـدا را سـر بریده باشـم و بـا دشـنۀ خونین از گـودال قتلگاه بیرون آمده باشـم
و خدا باشـم و هیچ‌کس مرا به هیچ نگیرد؟ غرب، دشـمن اصلی ماسـت که
بـا نادیده‌گرفتن ما، مـا را انکار می‌کند. و این غرب که من می‌گویـم، الزاماً
غـرب جغرافیایـی نیسـت. تمـدن غرب اسـت. ممالک مترقی و رشـدکرده،
ممالـک صنعتـی، همۀ ممالکـی که قادرنـد به‌کمک ماشـین مواد خـام را به
مـواد پیچیده‌تـری تبدیـل و به بـازار عرضه کننـد. و این مواد خـام فقط سـنگ

آهن نیست یا نفت یا روده یا پنبه یا کتیرا. اساطیر هم هست. اصول عقاید هم هست. موسیقی هم هست. عوالم علوی هم هست.[۱]

و این را به‌قطع می‌دانم که حسین، ما را در برابر غرب تضعیف کرد و همبستگی امت اسلامی را در برابر روم. وگرنه سرحدات مسلمین در زمان یزید به‌جای کشور مغرب، می‌شد کل غرب که روسیه باشد و اروپا و آمریکای شمالی و حتی ژاپن. آن وقت به بازماندگان ارسطو نشان می‌دادیم که آتنی کیست و شهروند کیست و الباقی که بربرند، کیست‌اند. مردک پفیوز ریسیستِ نژادپرست که تخم تفوق مغرب را بنا نهاد و گفت هرکس عقل آتنی ندارد، بربر و عقب‌افتاده است و خارج از عداد انسان است و حیوان و حیوان‌صفت است. حال آنکه پیامبر ما، محمد مصطفی، عقل عربی را به کمال برد و عرب را بر همگان شرافت داد و تأسیس مدینةالنبی، نه تأسیس شهری بر مبنای عقل آتنی، که ساختن آرمان‌شهر عربی بود.[۲] پس حق است که سرحدات خود را تا اقصای غرب و شرق بگسترانیم و غربی را به بردگی بگیریم و عرب را سرور جهانیان سازیم و یهود را منهزم و نصاری را غل زنیم و این وعدهٔ الهی است برای ما مظلومان! آه! ای یزید! آه! ای شمر! چقدر مظلومید!

۱- بسیار طبیعی است که مغربی‌ها جلال آل احمد را نشناسند و از کتاب غرب‌زدگی بی‌اطلاع باشند. آن‌ها شرلی جکسون را می‌شناسند و داستان لاتاری را. ولی شرلی جکسون داستانش را در ۱۹۴۸ در نیویورکر چاپ کرده و جلال آل احمد سمنوپزان را که به‌مراتب از داستان لاتاری پخته‌تر است و همان مضمون را دارد، در ۱۳۳۱ در ناصرخسرو تهران. ولی غربی‌ها مطمئن‌اند شرفِ ۱۹۴۸ از ۱۳۳۱ بیشتر است و نیویورکر از مطبعه‌های ناصرخسرو تهران، و ما هم مطمئن شده‌ایم. ما فراموش کرده‌ایم که خدای را من در عراق کشته‌ام و مردک سبیل‌دررفتهٔ دیوانهٔ زن‌ستیز آلمانی-اتریشی انکارم کرده و نامی از من نبرده است. آه! ای شمر! چقدر مظلومی!

۲- محمد عابد الجابری المغربی که به‌واسطهٔ فتح مغرب از جانب یزید رحمت‌الله علیه که تازیان آن را مراکش می‌نامند، مسلمان شده بوده تکوین عقل عربی را به‌شکلی مناسب توضیح داده است. مع‌الوصف، آن‌ها نامشان جهانگیر شد که ناپلئون را به‌جای یزید رحمت‌الله علیه به مظهریت عقل بردند و ما را حاشیه‌نشینان تاریخ و بیرون از تاریخ دانستند. آه! ای شمر! ای یزید! چقدر مظلومید!

فصل دوم

چیزی که در تاریخ قطعی است و به‌هیچ‌وجه در آن شک و تردیدی وجود ندارد، این است: پدرم مرده بود. دراین‌باره کسی شکی نداشته و ندارد. تنها اختلاف بین آرای مورخین این بود که وی کی جان به جان‌آفرین تسلیم کرده است. عده‌ای معتقدند او در سال ۱۳۵۸ مرده است و عده‌ای ۱۳۶۸ و عده‌ای ۱۳۷۸ و عده‌ای ۱۳۸۸ و عده‌ای ۱۳۹۸.[3] اگر به تارنمای آرامستان بزرگ تهران مشهور به بهشت‌زهرا مراجعه کنیم و نام پدرم را در آن جست‌وجو نماییم، نشانی دقیق مزار وی را می‌توانیم بیابیم: محمد جوانمرد، فرزند علی. ولی در هر صورت، پدرم زنده است و نشسته و تکیه داده به پشتی و من سرم را روی رانش گذاشته‌ام و او دستش را میان موهای من می‌برد و سرم را نوازش می‌کند. او همیشه ساکت است و کم

۳- متأسفانه برای خوانندگان غیرفارسی‌زبان این سال‌ها در بهترین حالت معادل سال‌های ۱۹۷۹ و ۱۹۸۹ و ۱۹۹۹ و ۲۰۰۹ و ۲۰۱۹ است. ولی ما فارسی‌زبان‌ها برای خواندن داستان‌های غیرفارسی باید همه‌چیز را بلد باشیم: جشن تنکس‌گیوینگ و خوردن بوقلمون در ناهار آن روز و بلک‌فرایدِی و جنگ‌های شمال و جنوب آمریکا، مراسم عشای ربانی، غسل تعمید و ماجرای نان و شراب کلیسا. عید شبات و پسح و مرثیهٔ اورشلیم یهودی. رسومات اسپانیایی و ژاپنی و همه‌چیز. برای فهمیدن یوسا و مارکز و بورخس و جویس و ونه‌گات و گونتر گراس و ایشی‌گورو و چخوف و موراکامی و الخ، کون لقمان، باید غرب را بشناسیم. ولی برای تاریخ ایران چه کسی تره خرد می‌کند؟ مگر غرایب‌پژوهایی که اسمشان مستشرق است و از ما حکایت‌های غریب و مهیج برای خود ما و غربی‌ها تعریف می‌کنند.

حرف می‌زند و اشـکی در حدقهٔ چشـمش هسـت کـه نمی‌چکد.

می‌پرسم: «بابا! چه آرزویی داری؟»

می‌گوید: «بمیرم.»

بابـا زندگـی را دوسـت داشـت. گمانـم دروغ می‌گوید که چنیـن آرزویی دارد. و بـا اینکـه مـرده بود، حالا زنده اسـت و چه شـاهدی از ایـن بالاتر؟

می‌گوید: «بدون قدیس آدم نفس بکشد که چه؟»

بابا سال‌هاسـت سـیگار را ترک کرده. قبل از ۱۹۷۸. وگرنه حالا وقت خوبی بود که سـیگار بکشـد. هر بار که می‌میرد، باز بیدار می‌شـود و ناراحت‌تر از قبل. کـه چـرا باز چشـمش به ایـن دنیا باز شـده اسـت. نمی‌دانـم در مرگ چـه خیری می‌بینـد که این‌طور عاشـقانه آن را سـتایش می‌کند. مگـر آدم می‌میرد، چه چیزی می‌بینـد و چـه لذتـی می‌چشـد کـه پـدرم را این‌طـور شـیفتهٔ خـود کرده اسـت؟ دسـتش را روی سـرم می‌سـرانم به جایی که دوست دارم نوازشـش کند. مادرم از نوازش‌هـای سـرم با دسـت‌های بابا ناراحت اسـت. گمان می‌کنـد موهایم چرب می‌شـود و ژولیـده و از نظافت و نزاکت به‌دور اسـت.

می‌گوید: «تو چه آرزویی داری؟»

می‌گویم: «روضه‌خوان امام حسین بشوم.[۴]»

سـکوت می‌کند و دسـتش از حرکت روی سـرم می‌ایسـتد. انگار نفسش بند آمده و منجمد شـده باشـد.

می‌گویـم: «البتـه صـدای خوش که نـدارم. ولی ممکن اسـت بزرگ‌ترین حسـینیهٔ[۵] جهان را داشـته باشـم؟ خیلی خوب اسـت. مگر نه؟»

می‌گوید: «نه!»

۴- امـام حسـین، امام سـوم شـیعیان و نـوهٔ دختری پیامبر اسـلام اسـت. او در سـال ۶۸۰ میـلادی مصادف با ۶۱ هجری قمری به‌دسـتور یزید و با عاملیت شـمر کشـته شـد. شـیعیان او را خون خدا می‌دانند و هرسـاله در روزهـای قبـل و بعد از کشته‌شـدنش عـزادار او می‌شـوند و برایش مجالس بزرگداشـت برگـزار می‌کنند.

۵- حسینیه مکانی است که در آن مراسم عزای امام حسین را برپا می‌کنند.

می‌پرسم: «چرا؟»

و سـرم را برمی‌گردانـم که صورتش را ببینم. سـرم را با دسـت آرام فشـاری می‌دهـد و بـاز انگشـت‌هایش را بین موهایـم می‌گرداند.

باز می‌پرسم: «چرا؟»

می‌گوید: «چرا یک داستان تازه نمی‌نویسی؟»

می‌گویم: «از داستان‌نوشتن چه خیری دیده‌ام که باز بنویسم؟»

و می‌چرخم و دمر می‌شـوم و چشـم‌هایم بسـته و مماس به ران‌های نه‌چندان نحیـف پـدرم. چـرا پدرم دوسـت ندارد مـن بزرگ‌ترین حسـینیهٔ جهان را داشـته باشـم؟ او که عاشـق امام حسـین بود. نکند در این مرگ‌ومیرهـای گاه‌وبیگاهش فهمیده اسـت که خبری نیسـت و جهان دیگری نیسـت و خدایی نیسـت و خون خدایـی نیسـت و آن‌کس کـه نیچه سـرش را برید توهمـی دسـت‌سـاز به‌نام خدا بوده اسـت و بتـی مصنوع ذهـن و فِنومنی بی‌نومن؟

می‌گویـد: «یکـی بنویـس نه بـرای دیگران. بـرای خودم و خـودت. که با خـودت بیاوری تـوی قبر.»

دستش باز بی‌حرکت می‌شود.

می‌گوید: «برای قبرت بنویس.»

می‌گویم: «که چی؟»

می‌گویـد: «وقتـی در طبقهٔ بالایی مـن خوابیدی، برایـم بخوانی. بالاخره این‌همـه وقـت حوصلهٔ آدمیزاد سـر می‌رود.»

می‌پرسم: «کی می‌میریم؟»

می‌گوید: «همه می‌میرند.»

دلم می‌خواهد سـیگار بکشـم. سـرم را برمـی‌دارم. می‌خواهم چیـزی به تنم کنم که مناسـب ایسـتادن در کوچه باشـد. حالش را ندارم. سـیگار را برمی‌دارم و مـادرم نگاهـم می‌کند. می‌دانم از سیگارکشـیدن من در عذاب اسـت.

می‌گوید: «باز موهایت چرب شد. یک برس بزن، می‌روی توی کوچه.»

می‌گویم: «در این شب سیاه کی نگاهش به موی من است؟»

می‌گوید: «بی‌انضباطی! مثل پدرت بی‌انضباطی.»

با آسانسور می‌روم همکف و بعد جلوی در ورودی خانه در فضای آزاد می‌ایستم.

سیگار را روشن می‌کنم. چقدر باشکوه است که سالنی بزرگ با سیستم صوتی و تصویری قوی، بهترین مداح‌ها و روضه‌خوان‌ها و واعظ‌ها، مردم از سراسر کشور که هیچ، از سراسر جهان برای هیئت من می‌آیند. محدودیت‌های ترافیکی بزرگی ایجاد می‌شود و مردم حتی تا چند خیابان آن‌طرف‌تر، همهٔ خیابان‌ها و پیاده‌روها را اشغال کرده‌اند تا از مراسم حسینیهٔ من استفاده کنند. انگار در جهان فقط یک حسینیه باشد و آن هم حسینیهٔ من. و صف بلند دیگ‌های پلو و قیمه. صف صدمتری. نه! آن‌همه آدم خیلی بیشتر غذا می‌خواهند. شاید چندصدمتری یا چندکیلومتری حتی! و گاهی به‌جای قیمه، قرمه‌سبزی و مرغ و فسنجان. و چقدر طول خواهد کشید که این‌همه آدم غذا بخورند؟ سیستم مرتبی خواهم داشت که کسی اذیت نشود و همه زود سیر شوند.[۶]

سیگارم تمام می‌شود. کسی تا کمر در سطل زباله فرو رفته تا برای مافیای زباله، آشغال ارزشمند بدزدد و ببرد. سرش را از سطل بیرون می‌آورد. چیزی به من می‌گوید انگار. صدایش را نمی‌شنوم.[۷]

۶- در فرهنگ عزاداری برای حسین، ابتدا واعظان که فن خطابه بلدند و دانش مذهبی دارند، مردم را به شعائر مذهبی دعوت می‌کنند. سپس مداح و روضه‌خوان به‌ترتیب در مدح و مرثیهٔ حسین و یارانش اشعاری را با لحن حزین می‌خوانند با نگاهی سوگمندانه به تاریخ کشته‌شدن حسین. دست آخر غذا بین عزاداران تقسیم می‌شود.

۷- در ایران صنعت بازیافت، زباله‌دزدانی دارد که سر در سطل‌های زباله می‌کنند و ضایعات باارزش را از سطل‌ها خارج می‌کنند و به مراکز غیرقانونی بازیافت زباله می‌برند و در ازای آن پول می‌گیرند. صاحبان اصلی این صنعت زیرزمینی سودهای هنگفتی به جیب می‌زنند.

فصل سوم

بـا کمـال تأسـف و تأثـر بـه اطـلاع کلیـۀ خواننـدگان، دوسـتان و آشنایان می‌رسـاند پـدرم دار فانـی را وداع نمی‌گویـد؛ بـا همـۀ علاقـه‌اش و همـۀ تلاشـش. کسـی هـم نمی‌دانـد چـرا! و خـودش هـم چیـزی نمی‌گویـد. از آن بدتـر اینکـه در فاصلـۀ هـر بـار مردنـش تـا مردنـی دیگـر، هیـچ نمی‌خوابد. تلاشـش را می‌کنـد ولـی خوابـش نمی‌بـرد. گاهـی می‌شـود کـه سـاعت‌ها در بسـتر، مـوی مـادرم را نـوازش می‌کنـد و مـادرم کامـل می‌خوابـد و بیـدار می‌شـود و او لحظـه‌ای نمی‌خوابـد. مدتـی بـه او پیشـنهاد دادیـم کـه تنهـا بخوابـد و چیـزی بهتـر نشـد؛ هیـچ چیـزی. از او می‌پرسـم کـه چـرا نمی‌خوابـی و جوابـی پـس نمی‌دهـد. قوی‌تریـن داروهـای خـواب برایـش حکـم هیـچ دارد. آزمایش‌هـای طبـی جـواب مشخصـی بـرای ایـن موضـوع ندارنـد و اطبـا هیـچ دلیـل معتبـری بـرای ایـن سؤال اقامـه نمی‌کننـد. پزشـک حاذقـی می‌گفـت کسـی کـه در گـور خوابـش نمی‌بـرد و از گـور بـاز می‌گـردد، چطـور می‌خواهـی در ایـن جهان پر از صدا بخوابـد؟ ایـن دقیق‌تریـن پاسـخی بـود کـه از پزشـکی شنیده‌ام. بـا این‌همـه، پاسـخ ایـن مسئله کـه بـرای همگان ماننـد رازی سـربه‌مهر و ناگشـودنی می‌نمـود، بـرای مـن تـا حـدودی خـود را

نمایـان کـرد. البته و تـا این لحظه اعتـراف می‌کنم همهٔ ابعـاد موضوع برایم روشـن نیست.

اما چطور موضوع روشن شد؟ شبی از شب‌ها...

فصل چهارم

در واقع تعلیق داستانی به من نیامده است که بخواهم اطلاعاتی از داستان را بپوشانم و شما را حریص کنم تا دنبالهٔ ماجرا را بخوانید. از خدا که پنهان نیست، از شما چه پنهان: شبی از شب‌هایی که مادرم در سیاهی شبِ آرامستان بزرگ تهران، پنهان از مأموران بر سر مزار پدرم مانده بود، قضیهٔ بیدارماندن مدامِ پدرم تا حدودی برایم روشن شد. مادرم عادت داشت بسیاری از شب‌ها، در تابستان و زمستان، گرما و سرما، کنار مزار پدرم بماند، گریه کند، قرآن بخواند و نماز شب. خسته که می‌شد، چادرش را پهن می‌کرد روی قبر تا بخوابد. می‌گفت حس می‌کند کمرش شکسته است. البته هیچ دکتر ارتوپدی چنین تشخیصی نداشته است. حس مادر است و چاره ندارد.

در همان شب که قرار بود ماه بدر بر آسمان بدرخشد ولی خسوف شده بود، من تلویزیون تماشا می‌کردم. شبکه‌ها را یکی‌یکی بالا و پایین می‌کردم؛ کاملاً بی‌هدف. بی‌بی‌سی فارسی برنامهٔ صفحهٔ دو آخر هفته[8] را بازپخش می‌کرد و بحث حقوق اقلیت‌های جنسیتی در ایران. شبکهٔ ایران

۸- بی‌بی‌سی فارسی به‌تقلید از برنامهٔ گفت‌وگوی سخت بی‌بی‌سی جهانی، برنامه‌ای برای فارسی‌زبانان تدارک می‌بیند به‌نام صفحهٔ دو آخر هفته. تلاششان نزد ایزد محفوظ باد.

آزاد از روش‌های ترکیبی چریکی و مقاومت مدنی پرده برمی‌داشت. در شبکهٔ طپش به‌یاد خاطرات قدیمی موزیک-ویدیوی خاطره‌انگیز «جونی جونم یار جونم بیا دردت به جونم» با حرکات منحصربه‌فرد شانه و کمر که چیزی بین رقص و عشوه‌شتری بود از خوانندهٔ محبوب نسل‌ها، لیلا فروهر[۹] پخش می‌شد و در شبکهٔ سیاسی دیگری که نام و نشان درستی نداشت، بازپخش اعتراضات گلشیفته فراهانی به‌زبان انگلیسی بود در جشنوارهٔ برلین؛ اینکه چقدر بد است آدم در خاورمیانه به دنیا بیاید، و انگار در تشت گُه متولد شده باشد اگر اهل خاورمیانه باشد.[۱۰]

صدای چیزی شبیه زوزه‌ای عجیب از اتاق‌خواب پدرم می‌آمد. آیا پرنده‌ای که چیزی راه گلویش را بسته در اتاق بود؟ یا مارمولکی عظیم‌الجثه در اتاق می‌خزید؟ یا گرگی در پی یوسف راه گم کرده و به اتاق پدر رهنمون شده بود؟ و اگر چنین بود، چرا صدای زوزه چنین دلنشین بود و چون شهد عسلی در جان من آب می‌شد؟ و سؤالاتی مزخرف از این دست که هیچ قابل‌اعتنا نیست چون امروز من دقیقاً می‌دانم چه اتفاق ساده‌ای افتاده بود و گفتن این سؤالات چیزی بیش از گرم‌کردن بازار خالی از حقیقت و پوچ نیست. چون وقتی وارد اتاق پدرم شدم او تنها بود، بیدار، درازکشیده و خیره به سقف. تا متوجه من شد، گفت: «مادرت سرما نخورَد؟ طفلی تنها رفته قبرستان.»

گفتم: «نخوابیدی باز که.»

چیزی نگفت.

گفتم: «این صدای زوزه را می‌شنوی؟ از کجاست؟»

۹- لیلا فروهر برای مغربی‌ها یک چیزی است در مایه‌های مدونای باحیا. کمی گوشتی‌تر و توپُرتر. تلاشش نزد ایزد محفوظ باد.

۱۰- گلشیفته فراهانی از آن آدم‌هایی است که در گُه‌دانی خاورمیانه به دنیا آمد، ولی در پردیس هالیوود رستگار شد. تلاشش نزد ایزد محفوظ باد.

گفت: «تو هم مگر می‌شنوی؟»

گفتم: «نباید بشنوم؟»

گفت: «مواظب خودت باش، پسر.»

دستم را بردم لای موهای نازک و سفیدش که هنوز رگه‌ای از سیاهی داشت و هیچ‌وقت نتوانستم بفهمم بعد از این‌همه سن و سال و این‌همه تجربهٔ مرگ، چطور رگه‌های سیاه مانده است. پیشانی‌اش را بوسیدم. طعم خاک می‌داد.

گفتم: «چه‌کار کنم که بمیری؟ درست و حسابی بمیری؟»

گفت: «پسر! من عاشق شده‌ام. می‌خواهم آن‌طوری بمیرم.»

گفتم: «بعد از این‌همه سال زندگی با مادر؟»

گفت: «تو اسم این‌ها را می‌گذاری عشق؟ این‌ها که عشق نیست، پسر.»

نشاندمش و سرشانه‌هایش را مالش دادم.

گفتم: «یادت است قبل از اینکه بار اول بمیری اختیار ادرارت را نداشتی؟»

گفت: «نه! خیلی شاشیدم به همه‌جا؟»

خندیدم.

گفت: «طفلی مادرت!»

و نفس عمیقی کشید.

پدرم همیشه از مادرم می‌پرسید با کدام دستت طهارت گرفته‌ای و بعد دست چپ مادر را می‌بوسید. کلاً می‌بوسیدش؛ چشم‌هایش، سرش، دستش و گاهی که مادر خواب بود کف پایش را.

گفتم: «نمی‌خواهی ببرمت مستراح؟»

گفت: «مگر تو من را می‌بری مستراح؟»

سرم را روی شانه‌اش گذاشتم. گفتم: «خیلی دوست دارم آن‌طوری که دوست داری بمیری. خیلی دوست دارم زود بمیری و خوب بمیری.» و گریستم.

پدرم دستم را نوازش کرد. چیزی نگفت. با اشاره فهماند که روبه‌رویش بنشینم، نشستم.

گفت: «از کِی صدای زوزه می‌شنوی؟»

گفتم: «همین چند لحظه پیش از اینکه به اتاق شما بیایم.»

سرم را بین دو دستش گرفت و سرش را روی سرم گذاشت. نفس‌هایش طولانی شده بود و بلند. می‌لرزید.

گفت: «چه آرزویی داری؟»

گفتم: «شما چی؟»

گفت: «من می‌خواهم بمیرم. می‌خواهم خوب بمیرم. یک‌طوری بمیرم که حق مرگ را ادا کنم.»

دستم را پشتش بالا و پایین کشیدم. دوست داشتم گرمای محبتم را از پوستش حس کند.

گفتم: «خودم می‌کشمت. یک‌طور خوبی می‌کشمت.»

چیزی نگفت. موهای سرم را بوسید. دهانش بوی خاک می‌داد و لب‌هایش داغ بود، خیلی داغ. می‌لرزید.

فصل پنجم

اگرچه مطابق تمامی دستورالعمل‌های داستان‌نویسی صادره از غرب[۱۱] مطالب این فصل نباید در قالب یک فصل مجزا ارائه می‌شد، لیکن با اعتذار از جملهٔ نظریه‌پردازان ترجیح می‌دهم مطالب ذیل‌الذکر را در فصلی مستقل به استحضار برسانم.

خاطرتان است که ماه بدر کامل بود که به‌دلایل کاملاً نجومی و به‌جهت تقارن زمین، خورشید و ماه در صورت فلکی خاصی، خسوف اتفاق افتاده بود. من به اتاقی که تلویزیون در آن روشن بود بازگشتم و صدای طرب‌انگیز زوزه در گوشم همچنان طنین داشت.

به این می‌اندیشیدم که چرا پدرم عاشق مرگ شده است؟ و عشق اصلاً چه معنایی دارد؟ در همین افکار بودم که ملتفت شدم کسی مقابل تلویزیون نشسته است. نیمی از تن‌اش داخل تلویزیون بود و نیم دیگر بیرون. زیبا بود. اجازه بدهید به همین توصیف خلاصه بسنده کنم: زیبا بود. برای اینکه

۱۱- آن‌چنان‌که مستحضرید، فکر در غرب متولد می‌شود و پیشتازان جهان علم جملگی در غرب‌اند. حتی اگر کسانی بخواهند فکری را به جهان عرضه کنند و از قضا در مغرب نمی‌زیند و در دانشگاه‌ها و پژوهشکده‌های مغربی تدریس و پژوهش نمی‌کنند، باید مطالب خود را به‌زبان جهان‌گیر انگلیسی ترجمه کنند و در مجلات جهان‌شمول عرضه و چاپ کنند. بنابراین متر و معیار جهان‌شمولِ نقد از این ناحیهٔ مقدسه صادر شده و در اقصا نقاط جهان مصرف می‌شود. تلاششان نزد ایزد محفوظ باد.

سـلیقهٔ افراد در مقاطع مختلف مطابق دسـتورالعمل‌های ابلاغی صنعت مد و مـدل واقـع در نیویورک و در مراحل بعدی میلان و مانند آن متفاوت اسـت.[۱۲] بنابرایـن بهتریـن تمثیل برای او همین اسـت: بسـیار زیبا بود. زیـر لب آوازی می‌خوانـد. و آوازش: همیـن زوزهٔ طرب‌انگیز.

پرسیدم: «های غریبه! تو کیستی و اینجا چه می‌کنی؟»

گفـت: «جـز طرب و شـعف بـرای یکایک جوارحـت، چـه آورده‌ام که با من ترش‌رویـی داری؟»

گفتم: «به کدامین اجازه؟»

گفـت: «برای آنکه طربناکت کنم و بندبنـدت از درون برقصد و برای شـربت لذت و شـراب آگاهی کـه برایت ارمغـان خواهم داشـت، اجازه لازم است؟»

خیـره نگاهـش کـردم. آیا واقعاً دوسـت داشـتم سـینهٔ زنـان بسـیار برآمده باشـد یا کمی برآمده و بیشـتر تخت؟ و رنگ پوستشـان سـپید باشـد یا سـرخ یـا گندمـی یـا سـیاه؟ و توپُر باشـد یا لاغر یـا میانه‌انـدام؟ و ایـن، چطور همهٔ این‌هـا بـود؟ همه!

سـیگاری روشـن کـرد و گفـت: «چگونـه باید غمگیـن از این ناسپاسـی باشـم که فرمود وَقَلِیلٌ مِنْ عِبَادِيَ الشَّکُورُ و چطور بایـد راه رهایی‌ات بنمایم کـه هر روز خـدای را نافرمانـی کنند از راهی کـه نمود.»

سـیگار را از دسـتش گرفتم. پکی زدم. او را عریان دیدم با آنکه رخت‌هایش بر تنش بود. لرزشـی تمام وجودم را گرفت. لرزشـی از سـر طرب و خوشـی. من که تا آن لحظه، ذره‌ای الکل ننوشـیده بودم، دانسـتم که مسـتی چیست.

۱۲- امـروزه با توجه به نیـاز صنعت مدلینگ، برای پسـران و دختران در رنگ‌ها و سـایزهای مختلف راهی به رهایی گشـوده شـده اسـت. به‌عنوان مثـال جی‌جی حدید و بـلا حدید دو مدل فلسـطینی‌اند که موفق شـدند خـود را از گُه‌دانـی خاورمیانه خلاصی دهنـد و در پردیس صنعت مـدل غرب به زندگی مینوی دسـت یازند. تلاششـان نزد ایزد محفوظ باد.

گفتـم: «ای دجـال! بـه خـدا قسـم کـه تـو را خواهـم کشـت کـه سـرزده و بی‌اجـازه بـه زیـر پوسـت مـن لغزیـده‌ای!»

گفت: «مرا از مرگ می‌ترسانی که نفرین شده‌ام به نامیرایی و بی‌مرگی؟»

گفتم: «تو نفرین خدایی برای من!»

گفت: «چگونه نفرینی‌ام که سینه‌ام پر از داستان برای توست؟»

تا گفت داستان، سست شدم. نشستم مقابلش. سیگار را از دستم گرفت و در آغوشم لمید.

گفتم: «تا برایم داستان بگویی، در امانی!»

گفت: «تا قیامت صغری برایت قصه خواهم گفت.»

گفتم: «زودتر از این حرف‌ها می‌میرم.»

سـیگار را بـا دسـتش مقابـل لبـم آورد و گفت: «نمی‌شـود بمیـری. تا من برایـت قصه می‌گویـم، نمی‌شـود بمیری.»

گفتم: «نکند تو نمی‌گذاری پدرم بمیرد؟»

خندید. دندان‌هایش مثل ماه بی‌خسوف در شبی با هوای پاک درخشید.

گفـت: «بـه مـن گـوش کـن! آن وقـت بزرگ‌تریـن حسـینیهٔ جهـان را خواهـی داشـت.»

باز گفتم: «نکند تو نمی‌گذاری پدرم بمیرد؟»

گفت: «من تو را دوست دارم. عاشقم. و پدرت دشمن من است.»

گفتم: «شـاید بـرای همیـن اسـت کـه دوسـت نـدارد مـن بزرگ‌تریـن حسـینیهٔ جهـان را بسـازم.»

گفـت: «پدرت دشـمن آرزوسـت و عاشـق مـرگ. و من عاشـق تـوأم که آرزوهـای بـزرگ داری. بزرگ‌تریـن! مهم‌تریـن! برتریـن! اولیـن! زیباتریـن! و چیزهایـی مثـل این! من عاشـق ایـن نـوع نگاهم.»

گفتم: «برایم قصه بگو.»

گفت: «مثلاً چه قصه‌ای؟»

گفتم: «مثلاً زندگی خودت.»

گفت: «باشد. در فصل بعد برایت تعریف می‌کنم.»

فصل ششم

مـادرم آبگینه‌های اشکش را با دسـتمال تمیز می‌کند. شیشـه‌هایی بلند که انگار از تقاطـع یک اسـتوانۀ بلنـد با کُره سـاخته باشـند. کُرۀ چاقی که شـکم باشـد و گردنِ اسـتوانه‌ای کـه با یک چوب‌پنبه درش را می‌بندد. مـادرم می‌گوید این گنج اوست. اشـک‌هایی است که در روضۀ حسین از چشـمش می‌چکد و با دقت و وسـواس در یک شیشـۀ دارو که روزگاری شربت سـینه بوده است، جمع می‌کند و دسـت‌آخر در آبگینه‌هـا می‌ریزد. حـالا چوب‌پنبه‌هـای آبگینـه را بـا دقت باز می‌کنـد و اشـک‌های تازه‌ای را که سـر قبر بابـا با گریه بر مصائب حسـین ریخته بود، از شیشـۀ دوای سـینه داخـل آبگینه‌ها می‌ریزد.

می‌گوید: «از بابات یک چیزهایی شنیدم.»

می‌گویـم: «خیلی دهن‌لق است.» و می‌خندم.

باز می‌گوید: «از بابات یک چیزهایی شنیدم.»

می‌گویـم: «دوست نداری بکشمش؟»

می‌گویـد: «من بدون این مرد می‌میرم.»

و بغض می‌کند.

می‌گویـم: «خودش دوست دارد. ضمناً این‌همه مُرد و نمردی.»

می‌گوید: «بمیرد، کی تو را حمام ببرد؟ کی من را بشوید؟»

این را راست می‌گفت. فقط پدر بلد بود من را حمام کند. وگرنه من پلشت می‌مانم. و مادر را هم او حمام می‌کند. یک صندلی استوانه‌ای بدون پشتی و دستی وسط حمام گذاشته. لباسمان را می‌کند و آب را اول می‌ریزد روی سرمان. از بالا تا پایین. بعد مَشکی پوستی را فوت می‌کند و باد که شد داخل ظرف را پر از کف می‌کند و آن را روی سرم خالی می‌کند. با دستش تن و سرم را ماساژ می‌دهد و شعر می‌خواند. صدای خوبی برای خواندن ندارد ولی بی‌خجالت می‌خواند. مادرم این موقع است که می‌گوید: «خجالت نمی‌کشی با این صدا می‌خوانی؟» و او می‌خندد و باز می‌خواند و بلندتر از قبل. شعرهایی که خودش می‌سراید.

مادرم سرش را روی میز می‌گذارد و گریه می‌کند. او همیشه مردد است وقتی برای پدرم اشک می‌ریزد می‌تواند آن‌ها را جمع کند و داخل آبگینه بریزد یا نه. ولی هیچ‌وقت این کار را نکرده. پدرم می‌آید و بالاسرش می‌ایستد. موهایش را چنگ می‌کشد از بالا به پایین. تا گره‌هایش باز شود. سه رشته می‌کند موها را.

مادرم می‌گوید: «از پدرت شنیدم داری برای قبرت کتاب می‌نویسی.»

پدرم موهای مادر را به‌آهستگی می‌بافد؛ یک دسته را روی دیگری و دستهٔ دیگر را روی قبلی.

مادرم می‌گوید: «چرا باز می‌نویسی؟ که باز تحویلت نگیرند و غمباد بگیری؟»

حق دارد. افسردگی‌ام را می‌بیند و غصه می‌خورد. گمان می‌کردم نویسندهٔ خوبی‌ام و مطالب خوبی نوشته‌ام. ولی دریغ از اینکه کسی توجهی به حرف‌هایم کرده باشد. کتاب‌هایم را خریدم و برای هر کس که به‌نظرم مخاطب ارزشمندی بود، فرستادم. و انگار کاغذ باطله خیرات

کرده باشـم. نقدهایی کـه خودم سفارش مـی‌دادم و در مطبوعاتـی کـه خودم هماهنگ می‌کردم، چاپ می‌شـد. اما این تنفس مصنوعی و احیای اجباری، بـرای ایـن کتاب‌هـای بی‌اقبـال زندگی‌بخش نبـود. البته نبایـد از دعـوت من به مهم‌تریـن برنامـهٔ کتاب تلویزیـون بی‌تفاوت گذشـت. اما چیزی کـه باعث دعـوت مـن به این برنامه شـده بـود، کتاب‌هایم نبود. برایشان جالب بود که چطور یـک مهندس مکانیک که پروژه‌های نفتی و سـاختمانی نسـبتاً بزرگی را رهبری کرده، داستان هم می‌نویسـد. اگرچه به همهٔ عوامل و دسـت‌اندرکاران برنامـه کتاب‌هایـم را تقدیـم کـردم، مطمئنـم کـه هیچ‌کدامشـان آن‌هـا را نـه قبـل از دعـوت مـن بـه برنامـه خوانده بودنـد و نـه تـا حـالا خوانده‌انـد. من فقـط چـون کمی عجیب بـودم، بـه برنامه دعـوت شـده بـودم. منطق رسـانه، منطـق جلب‌توجـه مخاطب اسـت و بـه داخل کتاب‌هـای من کاری نداشـتند. مهندس داستان‌نویس بـرای پرکردن وقت برنامه جـذاب اسـت. هرچند که لحـن مـن در آن برنامـه هم آن‌چنان کـه منطق رسـانه اسـت، شـورانگیز نبود. نـه حکایـت پندآمـوزی از حکیمـان کهن چین بـرای مخاطب تلویزیونـی داشـتم و نـه صدای مناسـبی که شـعر فاخر و در عیـن حال عامه‌پسـندی قرائت نمایـم و بـا حرکات خاصـی از صورت و دسـت، القا کنـم کـه چه لذتی مـی‌بـرم از این زیبایـی و سـری تکان دهم.

مـادرم موهـای بافتـه‌اش را می‌بویـد. شیشـه‌های اشـک را بـا دقت داخل گاوصنـدوق می‌گـذارد و درش را قفـل می‌کنـد. رمز قفـل بـا وصیت‌نامه‌ای کـه به دسـتخط من اسـت، در صندوق امانات بانـک شـهر اسـت.

می‌گویـد: «ننویـس!»

مـی‌گویـم: «ببخشـید، مامـان. مـا الان وسـط داسـتانیم. دیگـر کاریـش نمی‌شـود کـرد.»

فصل هفتم

یکـی بـود، یکـی نبود. غیر از خـدای مهربـان هیچ‌کس نبود. وقتـی که من به دنیـا آمـدم، امام حسـین بود؛ قبل از من. دوسـتش داشـتم. عاشـقش شـدم. مـن؟ مگـر قـرار نبود من قصـه‌ام را برایتان بگویـم؟ و تا قصه بگویـم در امان باشـم و بتوانـم زندگی کنم و نویسـنده من را نکشـد؟ اما خودم خواسـتم یک فصـل دیرتـر، در فصل هفتم داسـتانم را شـروع کنم. این قصـۀ مرگ و زندگی و کشـتن هـم سـاختگی و قلابـی اسـت: هیچ‌کـس نمی‌توانـد من را بکشـد. مـن تـا قیامت صغری زنـده‌ام. فقط ایـن بازی را سـاختم که بتوانـم قصه‌ام را بگویم. من اسـم‌های زیادی داشـته‌ام. مفیسـتلس می‌خواهید صدایم کنید یا فرحان؟ هرطور که شـما راحت باشـید. من فرحان بنت کسـی نیسـتم. من فرحانـم و بـه خود شـناخته می‌شـوم. من در روز نخسـت آفرینشـم به چاهی داخل شـدم که پایـان نداشـت و به سـفره‌ای می‌رسـید که از آن نوشـیدم تا به هر کس که خواسـت بنوشـانم: که فراموشـی و شـادی همچون عسـل غلیظ در کام انسـان غم‌زده آب شـود و باد راحت بر بوسـتان‌های سرسـبز و خرم بوزد و شـکوفه‌های جـوان و رنگارنـگ بهار بر تمامی زمیـن خشـک تشـنه بپراکند. مـن زیبـا بودم، هسـتم و خواهـم بود. من آن‌طور زیبایـم که بـرای هرکس با

هـر ذائقـه زیبایـم. هرکس من را ببینـد، باید رنجِ بـودن را فراموش کنـد، بندبند وجودش طعم مسـتی را بچشـد و طرب از هـر ثانیه‌اش بریزد. هـرگاه عطر تنم را نسـیم بـا خود به زمسـتان بَـرَد، بهاری‌ترین جامه‌هـا بر تن درختـان بروید و شـکوفه و شـب‌بو هرکـدام نمایـی باشـند از عطر تن مـن. صدایم آوایی اسـت کـه رقـص دارد و وجـد دارد و شـور[۱۳] دارد و سـماع[۱۴] دارد و سـنتور[۱۵] دارد و هیپ‌هـاپ دارد و جـاز و بلوز.

حسـین بیمـار بود. به‌راسـتی بیمـار بود. عاشـقش بودم و عاشـقم نبود و نشـد. او رباب را دوسـت داشـت. من از رباب متنفرم. من از حسـین و ربـاب متنفرم.

برایـش آواز خوانـدم و هلهلـه کـردم و نشـنید. برایش رقصیـدم و ندید. مرا هیـچ‌گاه لمـس نکـرد. او مبهـوت بود. جایـی را نـگاه می‌کرد که نامعلـوم بود.

او را دیـدم. تشـنه بـود و سـنگینی هسـتی بـر سـینه‌اش بـود و نگاهـش مبهـوت. برابرش نشسـتم. گردی پسـتان‌هایم برابرش از میانهٔ لباسـم آشـکار بـود. لب‌هایش ترک داشـت و چشـم‌هایش خیره بـه جایی نامعلـوم. جامه را دریدم. پوسـتم رنگ‌به‌رنگ شـد و پسـتان‌هایم شکل‌به‌شـکل و تنم نوع‌به‌نوع. گفتـم: «سـینه‌هایم پـر از شـیر اسـت، از آب زلال‌تـر و سـبک‌تر و از عسـل شـیرین‌تر و خوش‌طعم‌تر و حاصلش فراموشـی؛ بنوش و سـرخوش باش.» و صدایـم رنـگ‌به‌رنـگ می‌شـد و رقص‌به‌رقـص می‌آفرید. اما حسـین نگاهش خیـره بـود بـه جایی کـه از من می‌گذشـت ولـی در من تمام نمی‌شـد.

به حسین گفتم: «تو بیماری!»

جوابم نداد.

سینه‌هایم را لرزاندم و یکی را بر کف گرفتم و گفتم: «بنوش و آرام باش.»

۱۳- دستگاهی در موسیقی ایرانی

۱۴- رقص صوفیانه

۱۵- نوعی ساز که در موسیقی خاورمیانه متداول است.

جوابم نداد.

گفتم: «تو دشمن آرزویی و من آرزومند تو.»

جوابم نداد.

گفتم: «حساب ما باشد در روز عاشورا، صحرای کربلا!»

جوابم نداد.

گفتم: «کاری می‌کنم که رباب از مزارت برنخیزد، سال‌ها!»

لبانش جنبید. بیمار بود. هذیان گفت. خواست نفرینم کند، دعا کرد.

گفت: «الهی که نمیری!»

و من باز گفتم: «کاری می‌کنم که رباب از مزارت برنخیزد، سال‌ها!»

و هیچ نگفت. نگاهش از میان تنم می‌گذشت و خیره بود به جایی

ناپیدا فرجام.

و من شدم فرماندهٔ دستهٔ هلهله‌گر در روز عاشورا.

فصل هشتم

تکذیبیهٔ شمر، پسر ذی‌الجوشن:

از آنجا که بنا به تمامی شواهد تاریخی، بنده یکی از فرماندهان درگیری با حسین بوده‌ام، مطالب زیر را با خوانندگان محترم در میان می‌گذارم:

۱- نام فرحان در هیچ‌یک از کتب تاریخی نیامده و اظهارات ایشان کلاً محل تردید است.

۲- حسین آرزومند بود و آرزوهای مختلفی داشت که شامل موارد زیر بوده و به آن محدود نمی‌شود و ازجملهٔ آن:

- نوشیدن آب پیش از کشته‌شدن

- عدم حمله به آسایشگاه خواهران، دختران، کودکان و سایر زنان همراهش پیش از کشته‌شدنش

- علاقهٔ شدید به رباب همسرش که نشان از آرزوهایش در زندگانی دنیا دارد.

- و بسیاری موارد دیگر

در این زمینه، سوره‌ای نازل کرده بودم که در پاورقی می‌آید.[۱۶]

۱۶- و مگذارید سوگند برگیرم به قرآنی که از برش بودم. همانا من شمر، پسر ذی‌الجوشن، به شما می‌گویم فرحان دروغ می‌گوید. و شما در گفته‌های من نشانه‌هایی روشن خواهید یافت، شاید پند گیرید. پس مگر در کتاب نخواندی آن هنگام که حسین را کشتند، من کشنده‌اش بودم و جانش گرفتم؟ و در کدام کتاب نام فرحان است، پس آیا نمی‌اندیشید؟

حسین بر زمین راه می‌رفت و در بازارها قدم می‌گذاشت و شب‌ها کمی می‌خوابید و فرزندان داشت و در این‌ها اندرزی است برای گیرندگان اندرز. چگونه است حالِ کسی که فرزند دارد؟ پس چگونه باشد که او را آرزویی نباشد؟ آیا نمی‌اندیشید؟

هرگاه بیمار می‌شد، دارو می‌طلبید و هرگاه خسته می‌شد، می‌آسود و چون دلش تنگ می‌شد، بر آرامگاه پدربزرگش می‌رفت و می‌گریست.

پس چگونه باشد که گریان باشد و او را آرزویی نباشد؟ آیا نمی‌اندیشید؟

و مگر او نبود که به آرزوی فرمانداری عراق بر جانشین رسول خدا مردمی را شوراند و فرمان خدای به زیر پای نهاد و چندی کُشت؛ آیا خرد ندارید؟

پس چگونه باشد که او را آرزویی نباشد؟ آیا نمی‌اندیشید؟

پس آنگاه که در آن روز همهٔ سپاهش را کشته دید، بر میدان نیامد و بسیار گذشت. بر بلندی ایستادم و غریدم که پناهندهٔ زنان شده‌ای، زبون؟ و از جایش برون شد و بر اسب نشست و بسیار دختران خردسال که پای اسب گرفتند که می‌گریستند و می‌لرزیدند که به میدان نیاید از ترس بی‌کسی. پس از اسب پایین جست و سر دخترکی گرفت و گفت سینه‌ام را با اشکت مسوزان. آیا در کسی که پناهندهٔ زنان و دلباختهٔ دخترانی از خویشان خویش است، آرزو نیست؟ و من بودم که فریاد کردم پناهندهٔ زنان و دخترانی، ترسو؟

پس چگونه باشد که او را آرزویی نباشد؟ آیا نمی‌اندیشید؟

و چون بر سینه‌اش نشستم که سر از تنش ببرم، سینه‌اش داغ بود، تشنه بود و آرزوی آب داشت و بر لبانش ترک بود از تشنگی.

پس چگونه باشد که او را آرزویی نباشد؟ آیا نمی‌اندیشید؟

پس فرمان خدا را و فرستادهٔ خدا را و فرمانروای جانشین خدا را بر جای گزاردم و خنجر به حنجرش بر جای گذاردم و سرش بریدم و آرزوبه‌لب ماند. شاید که خرد پیشه کنید.

پس چگونه باشد که او را آرزویی نباشد؟ آیا نمی‌اندیشید؟

فصل نهم

دلم گرفته است. یک کارگردان مشهور ایرانی[۱۷] خودش را حلق‌آویز کرده. چرا؟ ایستاده‌ام. نور فندکم سیاهی شب را کمی تلطیف می‌کند. برق رفته، طوری‌که روشنایی عمومی خیابان هم خاموش است. زباله‌گرد کنار دستم می‌نشیند. پیتزای نیم‌خوردهٔ خشکی را که از سطل زباله پیدا کرده بود، گاز می‌زند. با دهان باز حرف می‌زند. باید آرزویم را توسعه بدهم. حسینیهٔ بزرگ کافی نیست. بزرگ‌ترین حسینیهٔ ایران هم کم است. بزرگ‌ترین معبد مسلمانان هم کوچک است. جهان مهم است. باید به فکر جهان بود. آرزو باید جهان‌گیر باشد. نهنگ در اقیانوس هم دلش تنگ می‌شود. حالا نهنگ را بیندازم داخل برکهٔ کوچک ایران؟ زباله‌گرد جارویش را توی جوی آب کنار فاضلاب‌های غلیظ قیرمانند می‌گذارد و خودش افقی می‌شود همان‌جا. به آسمان نگاه می‌کند و حرف می‌زند و پیتزای پیداشده از زباله‌ها را به دندان‌های یکی‌درمیانش می‌کشد. ناگهان کوچه روشن می‌شود. روشنایی عجیبی که همه‌چیز را در خودش معلوم می‌کند. حتی کوچک‌ترین خال روی پرزهای موش‌های توی

۱۷- کارگردان مشهور ایرانی باید اصغر فرهادی یا عباس کیارستمی باشد؟ که در یک فستیوال مهم غربی جایزه گرفته باشد؟ آیا ممکن نیست کارگردانی در ایران باشد که خیلی هم از این‌ها بهتر باشد ولی مطابق مذاق کَن یا هالیوود نسازد؟ و جهان طبیعتاً از شناخت او باز بماند؟

جـوی آب هم پیدا می‌شـوند. حس قدرت عجیبی دارم. اِشـرافی ناشـی از نور. خودرویـی جلـوی پایـم می‌ایسـتد. منبع نـور، چراغ‌هـای همین خودروسـت. درش اتوماتیـک بـاز می‌شـود. نیرویـی مانند مکِش جـارو مرا به داخل ماشـین می‌کشـاند و در بسـته می‌شـود، بی‌صدا. فرحان پشـت فرمان است.

می‌گوید: «آفرین که سر وقت آماده بودی.»

می‌گویم: «ما با هم قرار داشتیم؟»

می‌گوید: «لازم نیسـت سـیگارت را خاموش کنی. ماشین خودش هوای داخل کابیـن را تصفیه می‌کند.»

می‌گویم: «کجا می‌رویم؟»

می‌گوید: «به بزرگ‌ترین حسینیهٔ جهان.»

و به ماشین می‌گوید: «برو.»

چشـم‌هایش را می‌بنـدد و چیـزی زیـر لـب می‌خوانـد و فـوت می‌کنـد. ماشـین بی‌صـدا حرکـت می‌کنـد. مـا در ترافیـک شـبانهٔ تهـران، کـه از حجم و ازدحـام اتومبیـل جـای سـوزن‌انداختن در خیابـان نیسـت، بـا سـرعتی کـه نمی‌دانـم چقـدر زیـاد اسـت، می‌گذریـم. مـا از میـان آدم‌هـا و ماشـین‌ها می‌گذریـم، بی‌هیـچ تصادفـی.

می‌پرسم: «این حسینیه کجاست؟»

می‌گوید: «تو با این مرد چی می‌گفتید؟»

می‌گویـم: «آن جـارو کـه دیـدی هیـچ خاصیـت جادویـی نـدارد.» و می‌خنـدم و منظـورم جـاروی مـرد زباله‌گرد اسـت و خواسـته بـودم طعنه‌ای بـه عنصـر جادوهـای جارویـی در داسـتان‌های غربی زده باشـم. امـا فرحان بی‌هیـچ لبخنـد یـا اخمـی پرسـید: «تـو واقعاً بـا آن مـرد چـی می‌گفتید؟»

می‌گویـم: «مدتـی اسـت دیگـر نـه مـن صـدای او را می‌شـنوم و نـه او صـدای مـن را.»

نفس عمیقی می‌کشد. می‌گوید: «ناصرالدین‌شاه[۱۸] خیلی مهربان است.»

بی‌آنکه فهمیده باشیم چگونه اینجاییم و حالا کجاییم، در میانهٔ میدانی بودیم که خودروهایی بس مجهز به تکنولوژی روز (مانند همین خودرویی که بر آن سواریم)، میدان را دور می‌زدند ولی ما در مرکز مدور میدان بودیم. می‌فهمم که باید پیاده شوم اما این فهم از کجا به من القا می‌شود؟ در پی فرحان داخل اتاقک شیشه‌ای بزرگی می‌شوم.

می‌گوید: «این اتاقک ظرفیت جابه‌جایی نیم میلیون آدم را در هر رفت و برگشت دارد، و پنجاه اتاقک مثل این، برای اینجا تعبیه کرده است.»

می‌پرسم: «کی؟»

اتاقک با سرعت چشم‌به‌هم‌زدنی به پایین می‌رود. از میان تأسیسات شهری مثل لوله‌کشی آب و فاضلاب، کابل برق و تلفن و تونل‌های مترو می‌گذرد و به جایی می‌رسد که درِ اتاقک باز می‌شود. دروازه‌ای بزرگ است که برای خواندن سردرش باید گردنم را تا جایی که می‌توانم زاویه بدهم تا دیدم به بالاترین نقطهٔ سردر برسد. نوشته‌اند به‌خطی زیبا که شاید زیباترین خطی‌ست که استادی نوشته باشد: حسینیهٔ اعظم جهان.

فرحان می‌گوید: «آری! این زیباترین خط جهان است.»

نگاهش می‌کنم.

می‌گوید: «همهٔ بهترین‌ها برای اینجا جمع شده‌اند. بی‌شک این کارِ عشق است.»

۱۸- ناصرالدین‌شاه از شاهان تاریخ ایران است که تکیهٔ دولت را برای برگزاری مراسم عزای حسینی تأسیس کرد. ناصرالدین‌شاه در لغت به‌معنی شاهی است که یاری‌کنندهٔ دین است. در ابتدای نگارش این داستان اسم عم را انتخاب کرده بودم. عم در زبان عربی به‌معنی عموست. بعضی هم آن را از ریشهٔ عخ می‌دانند که به‌واسطهٔ ثقالت خاء بر عین، خاء قلب به میم شده است. ولی بعضی آن را مخفف‌سازی‌شدهٔ کلمهٔ Unknown Man یا همان فرد ناشناس تعبیر و تفسیر می‌کنند. از آنجایی‌که فرد ناشناس در ملکوت بهرام صادقی* هم ناشناس است و ناشناس باقی می‌ماند، از توضیح بیشتر معذوریم.

* بهرام صادقی رمانی دارد به‌نام ملکوت که بعضی از فارسی‌زبان‌ها آن را بسیار مهم و ارزشمند می‌دانند، اما ازآنجاکه به زبان‌های غربی ترجمه نشده، به‌کلی فاقد اهمیت است.

نگاهش می‌کنم.

می‌گوید: «چه آرزومندانی که اینجا به آرزوی خود رسیده‌اند. این‌همه شوق از کجا آمده است؟»

واقعاً حس عجیبی است در این حسینیه قدم‌زدن. انگار بهشتی که روی زمین باشد. و چه هنرهایی، خوانندهٔ گرامی! چه هنرهایی! در گوشه‌ای، از بهترین چوب‌ها برای مراسم شاحسین گرزهایی نمادین ساخته و گذاشته بودند. حوضچهٔ بزرگی از بهترین گِل رس جهان. بهترین قمه‌ها با دسته‌هایی از عاج فیل و شاخ گوزن و مهرهٔ مار برای قمه‌زنان. زنجیرهایی همه از مس اعلای زرد ضدزنگ با دسته‌های گران‌بها و مرصع. و دنبالهٔ بعضی از زنجیرها تیغی از بهترین برند تیغ‌سازی‌های آلمان و آمریکا وصل کرده بودند؛ تیغ‌هایی که یک‌بارمصرف بودند و بهداشتی و قابل‌تعویض. در گوشهٔ دیگری اورژانس و یک بیمارستان صدهزارتختخوابی برای مواردی که احتیاج به خدمات اورژانس و بیمارستانی پیدا می‌کنند. و بهترین سیستم صوتی جهان از بهترین برندهای ژاپن و آمریکا. و تهویهٔ هوا را چیلرهای فرانسوی و انگلیسی و اطفاءحریق و اعلام حریق از سوئیس. چین خط فاینانس تأمین مالی را عهده‌دار شده بود. چند سالن سینمای بزرگ برای آموزش نوعزاداران به‌صورت تصویری و سالن تمرین عزا. کلاس‌های گرم‌کردن صدا با مدرّسانی از اپرای ایتالیا و کارگاه‌های نواسازی با مدیریت اتریش. طبل‌هایی غول‌آسا از ژاپن و شیپور از فرانسه و نی از بهترین مزارع جمهوری اسلامی ایران با استاندارد حسن کسایی و طبل ریز از ژاپن با پوستهٔ طبیعی از آهوی نوبالغ و یک سماور غول‌پیکر با صد میلیون دست نعلبکی و استکان کمرباریک، با نقشی عجیب.[۱۹]

فرحان می‌پرسد: «می‌دانی این نقش کیست؟»

۱۹- هر چقدر هم بگویم، اگر با مراسم عزای حسینی آشنا نباشید، ملتفت این پاراگراف نمی‌شوید، خوانندهٔ عزیز.

می‌گویم: «این سماور چقدر آب می‌گیرد؟»

فرحان می‌گوید: «نقش ناصرالدین‌شاه است.»

با یک محاسبهٔ تخمینی می‌گویم: «اندازهٔ دریاچهٔ ارومیه، بلکه هم بیشتر.»

فرحان می‌گوید: «خیلی بیشتر. همهٔ چیزهای اینجا نزدیک‌ترین به بی‌نهایت است. بی‌نهایت یعنی اسطوره. اسطوره‌ها باید زنده باشند. اینجا بازآفرینی معنای اساطیری است.»

و چه نقاشی‌ها و پرده‌های تعزیه‌ای که نکشیده بودند که رقص حزن و رنگ و نور بود و هرکدام به‌قاعدهٔ پرده‌هایی چند برابر یک پردهٔ عریض سینما.

در دو سالن هم یکی برای تعزیه ترتیب داده بودند و کنارش اسطبل بزرگ اسب‌های اصیل عربی و یکی که عینک‌های سه‌بعدی‌ساز داشت برای تعزیه‌های مخصوصی که با تکنولوژی مخصوصش ساخته بودند.

فرحان می‌گوید: «این بزرگ‌ترین حسینیهٔ جهان است. ناصرالدین‌شاه اینجا را ساخته و تجهیز کرده.»

وارد سالنی می‌شوم با دیگ‌هایی که هریک به‌قاعدهٔ سماور مذکور پیشین بودند. و کارخانهٔ ساخت ظروف یک‌بارمصرف سازگار با محیط زیست.

می‌گویم: «می‌دانی امروز یک کارگردان ایرانی خودش را حلق‌آویز کرد؟»

می‌گوید: «اصغر فرهادی چطوری جهانی شد؟ یا کیارستمی؟ با ساختن فیلم‌های مشابه مغرب؟ یا یک چیز فارسی را آرام‌آرام به‌شکلی گفتند که انگلیسی دیده و خوانده شود؟ کیارستمی عاشق زندگی‌کردن بود، در مصاحبه‌هایش نخواندی؟»

نگاهش می‌کنم. در این حسینیه همهٔ زیبایی‌های جهان انگار جمع شده است ولی هیچ‌کدام به پایه و مایهٔ یک برق نگاه فرحان نیست.

می‌گویم: «عشق چیز عجیبی است.»

می‌گوید: «زیبایی محصول عشق است.»

می‌گویم: «باور می‌کنم.»

می‌گوید: «ما این عزا را جهانی می‌کنیم. نگرانی‌ات را درک می‌کنم. ولی پروژهٔ ناصرالدین‌شاه جهانی‌کردن این حسینیه است. ناصرالدین‌شاه به فکر آرزوهای توست.»

به در قفلی می‌رسیم.

می‌گوید: «کاش درِ این اتاق هیچ‌گاه باز نشود که در این اتاق هفت اتاق است و در هر اتاقش باز هفت اتاق.»

و داخلش چیست؟ می‌فهمم که نباید بپرسم.

سوار اتاقک آسانسورمانند می‌شویم و در چشم‌هم‌زدنی به خودروی فرحان می‌رسیم، و در آنی در مقابل منزل. زباله‌گرد همچنان کنار جوی خواب است.

می‌گوید: «چه خوب است که صدایش را نمی‌شنوی. صدای او نمی‌گذارد بلندپرواز باشی. او تو را به گورستان واقعیت خُرد و کوچک می‌کشاند. جهان باز از آپولون محض به وحشت افتاده است. جهان باز به ذات تراژدی بازمی‌گردد. جهان باز هماغوشی خِرَد آپولون و شور دیوانه‌وار دیونیسوس را خواهد دید. خرد آپولون قوس نزول است و عشق دیونیسوس قوس صعود. و پایان کار قیامت صغری است.»

می‌گویم: «شمر به تو بسیار توهین می‌کند.»

می‌گوید: «تو چه دوست داری؟»

می‌گویم: «که بدانم حق با کدامتان است؟»

می‌گوید: «هرطور که تو بخواهی. می‌خواهی در برنامهٔ پرگار بی‌بی‌سی با هم مناظره کنیم و شما سرگرم شوید؟»

لبخند می‌زنم. دستم را می‌گیرد. قلبم انگار موسیقی می‌زند. نفسم انگار می‌رقصد.

می‌گوید: «من تو را به آرزویت می‌رسانم. ناصرالدین‌شاه برای حسینیهٔ بزرگ جهان به دنبال مدیری مدبر و جوان و پرشور است.»

آن‌طور که مست و سیاه‌مست باشم، سرم گرم و گیج می‌شود.

می‌گوید: «می‌دانی در این مدت که ما رفتیم و بازگشتیم، از صلب پدرت به زهدان مادرت رفتی؟»

می‌گویم: «غمی نیست.»

می‌گوید: «حالا مادرت باردارِ توست.»

از ماشین پیاده می‌شوم. زباله‌گرد کنار جوی ازفاضلاب‌انباشته خواب است. در جارویش نیرویی جادویی نیست. و تکه‌ای پیتزا همان کنار افتاده.

فصل دهم

مطابـق آراء علمـای طبیعـی، هر بشـری حاصل تزویـج و تولیدمثل یک نوع نـر و یـک نـوع مـاده اسـت. البتـه دین‌بـاوران بـرای آدم و عیسـی اسـتثناء قائل شـده‌اند ولـی معتقدنـد دیگر تـا قیامت صغری چنیـن اتفاقـی نخواهد افتاد. در مقابـل، علمـای طبیعـی در تلاش‌انـد به‌نوعـی زایـش خارج از تزویـج و مسـتقل از جنـس دیگـر را ممکـن سـازند. مثلاً موجـودی نـر خـود را بـاردار کـرده و از خـود بچه‌دار شـود یا بالعکس. امـا در میان متون علمـی، تاکنون کسـی به این ایـده نیندیشـیده که آیا ممکـن اسـت کسـی خـود را بتواند از صلـب پدر خود بـه زهـدان مادرش منتقـل کند بی‌آنکـه پدر و مادرش نقشـی در این بـارداری داشـته باشـند؟ علم بر اساس سابقـۀ خویش نشـان داده است برای حل مسائل تنهـا بـه دو چیز نیـاز دارد: زمان و منابع مسـتمر. منابع مسـتمر خود مسـتلزم مقدمـات دیگـری اسـت: هزینه‌هـای آزمایش‌هـا و تحقیقـات و تأمین زندگی محققـان کـه این خـود نیازمنـد ارادۀ صاحبان قدرت و سـرمایه اسـت. از این روی و ازآنجاکـه قـدرت اقتصـادی و ارادۀ لازم سیاسـی بـرای تکنولـوژی در غرب یافت می‌شـود، عمـلاً تکنولوژی حاصل‌شـده غربی اسـت. از دیگرسـو، آسـایش حاصـل از تکنیک و تکنولـوژی، تمام جهان را و نه‌فقط مغرب را، تشنۀ

محصـول می‌کنـد.[۲۰] از این جهت محصـول غربی، نیازی جهانی می‌شـود و ذائقـهٔ جهـان، مطابـق محصول مغـرب تنظیـم می‌شـود. از این حیـث جهان مقهـور عقـل غربی می‌شـود و غیرمغربـی، ناخواسـته تبدیل به ماشـین‌کوکی تنظیم‌شـده در کارگاه‌های غرب می‌شـود.

مولا و سـالار مظلوم من، یزید، و پیش از او پدرش، معاویه، راهی را پیش گرفتـه بودنـد کـه اگـر فتنه‌گـران آن را به انحـراف نکشـانده بودند، امـروز عقل عربی بر جهان سـلطه داشـت، نه عقل غربی. من، شـمر، پسـر ذی‌الجوشـن، در برابـر تاریـخ مفتخرم که سـرباز این راه بـوده‌ام و تاریخ در برابر من شـرمنده اسـت کـه تصویـری نابجـا از من برای انسـان‌ها مخابـره کرده اسـت. آن‌ها که از مسـیر پیـش روی تاریخ مطلع بودنـد، عرب را قوی می‌خواسـتند و بر غرب می‌تاختنـد. مـولای مـن، معاویـه، فتوحـات زیـادی در کابـل و زابـل و بخـارا داشـت و رومیان غربی را شکسـت داد و قبرس را و قسـطنطنیه و قسمت تازه‌ای از مصـر را بـه زیر چکمه‌های خود کشـید. اما یزید سیاسـت پـدرش، معاویه، مبنـی بـر حملات علیـه امپراتوری روم شـرقی را متوقف کـرد و در عوض یزید تمرکـز خود را بر ایمن‌کردن مرزهای خلافت اسـلامی گذاشـت. جزایر دریای مرمره رها شـدند. منطقهٔ جند حمص سـوریه تقسـیم شـد و منطقهٔ جدید جند قنّسـرین تشـکیل شـد. عقبة بن نافع که در دوران معاویـه از فرمانداری افریقیه برکنـار شـده بود، با خواسـت یزیـد مجدداً به ایـن عنوان گمارده شـد. در ۶۸۱ میـلادی، عقبـه به‌دسـتور یزید حملات گسـترده‌ای بـه غرب آفریقـا ترتیب داد کـه در آن رومیـان و بربرهـا را شکسـت داد و بدیـن ترتیب مرزهـای امپراتوری اسـلام در دوران یزیـد بـه سـواحل اقیانوس اطلس رسـید و شـهرهای طنجه و

۲۰- تصور ماشـینی که نویسـنده سـوارش شـد، هرگز در مخیله‌اش نمی‌گنجید اما حالا شـیفتهٔ این ماشـین اسـت و مولع آنکـه کاش خودرویی مانند این داشـته باشـد. زایـش این نیاز در نویسـنده پس اصیل نیسـت، زیرا انسـان در پاسـخ نیازهای اصیل و اصلی‌اش تصویری دارد. این یک تصویر سـاختهٔ دیگری اسـت که در خـودی ایجاد نیاز می‌کنـد؛ نیازی غیرضـروری و واقعی.

ولیلی را تصرف کرد. با این‌حال، عقبه موفق نشد تا آن مناطق را به‌صورت دائمی به خلافت اسلامی ضمیمه کند و در راه بازگشت به شرق، از سوی نیروهای متحد بربر و رومی کشته شد و سرزمین‌های فتح‌شده از دست رفت. آیا منصفی هست که بازپرسد چرا فتوحات غربی اعراب چنین کندی گرفت تا جایی که امروزه غرب به‌جای عرب سالار است؟ مردی از عرب و از تبار پیامبر، نتوانست مسئلهٔ اصلی جهان ما را بفهمد. از تنگهٔ حساس تاریخ و آیندهٔ جهان بی‌خبر، به‌بهانهٔ شرع و اخلاق فتنه‌ای داخلی آغاز کرد و بر خلیفه شورید. آیا امروز کسی برای شرع پدربزرگش و اخلاقی که او اخلاق می‌دانست پشیزی ارزش قائل است و حال آنکه جهان در چنبرهٔ رنگین‌کمان مقدس هم‌جنس‌گرایی است؟ آیا امروزه کسی می‌تواند منتقد هم‌جنس‌گراها باشد؟ و چه چیز مقدس‌تر از ایشان؟ و آیا اخلاق چیزی است جز آنچه متفکران غرب تصویر و تصور می‌کنند؟ مولای مظلوم من یزید در پی شکست غرب در پیچ غلبه بر تاریخ بود و حسین بر او شورید و مایهٔ تضعیفش شد و سرنوشت جهان را به غربیان سپرد. همانا که خالی از بینش و بصیرت بود. حسین نسب شریفی داشت ولی جانشین رسول خدا که همانا جانشین خدا باشد، برای یزید مقسم و مقدر شده بود. این کیفر شوریدن بر جانشین خداست که عزت از عرب ستاند و به غرب داد.

متأسفانه الکلام یجر الکلام و از اصل موضوع خارج شدم. آری! دانش بشری امروز، حلال و حرام نمی‌شناسد. مرزی به‌عنوان نیک و بد نمی‌داند. اگر پرسشی از او شود، چاره‌ای برایش جست‌وجو می‌کند و نتیجهٔ این جست‌وجو را به خوب و بد تقسیم نمی‌کند. آیا لقاح مصنوعی کار درستی است؟ آیا ساخت یک بز بدون یک بز نر و یک بز ماده و به‌صورت کاملاً آزمایشگاهی در جهان امری اخلاقی است؟ آیا اگر در این آفرینش، به‌جای بز انسان تولید شود، اخلاق به مخاطره نمی‌افتد؟ آیا اگر نویسنده‌ای خود

را از صلب پدرش به زهدان مادرش بکشاند، چه؟ و مادر خود را باردار کند؟ خیر! تکنولوژی امروز اسیر نیک و بد نیست. تکنولوژی بر فراسوی نیک و بد ایستاده است.

مادری را که شباهنگام بر سر قبر است و برای آبگینه‌اش اشک جمع می‌کند و بر مزار همسرش دراز کشیده، تصور کنید. حالا پدر در خانه و بی‌هنگام و ناغافل به روی تخت می‌خزد و روی تخت دراز می‌کشد به پهلو و گونه‌های مادر را می‌بوسد. مادر روی سنگ‌نوشته‌های قبر دست می‌کشد و پدر موهای مادر را در دست دسته می‌کند و می‌بوید و می‌گوید: «تو گل منی!» و تنش مورمور می‌شود. مادر چادرش را به دور خود می‌پیچد و روی قبر چهارزانو می‌نشیند. پدر تنش را به مادر بیشتر مماس می‌کند. و در همین حال از صلب پدر چیزی بیرون می‌کشد و داخل زهدان مادر می‌فرستد و نتیجه‌اش بارداری می‌شود.

نزاع میان علمای طبیعی و دانشمندان دینی، نزاعی تازه نیست. اما خیال راه خود را می‌رود. بی‌آنکه از دین و اخلاق رخصت بگیرد. رخصت برای ابرمَرد مضحک است. ابرمرد پای بر قله‌ها می‌نهد و اخلاقی تازه می‌سازد که اخلاق بردگان نیست. اخلاقی است که خدای همهٔ خوبی‌ها و زشتی‌ها مولودِ هم اوست که او ساخته؛ ابرمرد بر قله‌ها می‌ایستد و از قله‌ای به قلهٔ دیگر گام می‌نهد. ابرمرد در پی فتح قله نیست. قله‌ها زیر پای ابرمرد، چیزی جز جاده نیست. ابرمرد منم. آن‌سوی نیک و بد، چکمه بر پا و پا بر سینهٔ خدا ایستاده تا خدایی جدید بسازد که خود باشد. ابرمرد منم.[۲۱]

۲۱- در این فصل مکرراً از اصطلاحات رایج سیاسی، اجتماعی و فرهنگ سیاسیِ فارسی در معاصرت نگارش استفاده شده است که به‌این ترتیب از ناآشنابودن آن برای دیگران اعم از دیگرانی که در زمان‌های آتی خواهند بود و دیگرانی که جزو جغرافیای سیاسی ایران نیستند، پوزش می‌طلبم. - شمر

فصل یازدهم

پدرم روی تخت دراز کشیده است. مثل شب‌هایی که نمی‌خوابد، که هر شب است، و مادری که بر مزار پدر برای آبگینه‌اش اشک جمع می‌کند. پیشانی پدرم را می‌بوسم و به رویش لبخند می‌زنم.

می‌گویم: «حاجت‌روا شدم.»

پدرم خیره نگاهم می‌کند.

می‌گوید: «یعنی می‌میری؟»

می‌گویم: «نه! یک حسینیهٔ بزرگ را اداره خواهم کرد. بزرگ‌ترین حسینیه در جهان.»

می‌گوید: «همین که مادرت روضه می‌خواند و گریه می‌کند، بنشین کنارش.»

می‌گویم: «پدر! این بزرگ‌ترین است در جهان، با بهترین‌ها!»

می‌گوید: «مگر موزه است؟»

می‌گویم: «ناصرالدین‌شاه می‌خواهد روضه را جهانی کند؛ حسینیهٔ جهانی!»

به پهلو می‌چرخد و می‌گوید: «غلط کرده تخم جن!»

پـدرم هیچ‌وقـت با ناصرالدین‌شـاه رابطۀ خـوبی نداشـت. حتی از پیش از اولین مرگش.

می‌گویم: «تو دشمن آرزویی؟»

جواب نمی‌دهد.

می‌گویم: «مشکلت چیست که من به آرزویم برسم؟»

جواب نمی‌دهد.

می‌گویم: «تو دروغ می‌گویی که آرزویی نداری.»

جواب نمی‌دهد.

می‌گویـم: «پـس چرا من را می‌خواهـی به دنیا بیاوری؟ چـرا مادر حامله شده است؟»

جواب نمی‌دهد.

می‌گویـم: «تـو همه‌چیـزت دروغ اسـت. یک چیـزی می‌گویـی ولی یک چیـز دیگـر می‌خواهی.»

می‌گوید: «برو بیرون! می‌خواهم بخوابم.»

می‌گویم: «می‌توانی مگر بخوابی؟»

می‌گوید: «برو بیرون! می‌خواهم بخوابم.»

می‌گویم: «دیدی؟ دیدی که آرزوی خواب داری؟»

می‌گوید: «برو بیرون! می‌خواهم بخوابم.»

می‌گویم: «تزویر! ادا! این‌ها بد است.»

فریاد می‌کشد: «برو بیرون!»

بیـرون مـی‌روم و روی مبل جلـوی تلویزیـون خاموش می‌نشینم. مادرم ته‌دیـگ نیمرویی را که پخته اسـت با قاشـق از ته ظرف مسـی جـدا می‌کند و می‌خـورد. از چشـم‌هایش معلوم اسـت کـه از من خجالت می‌کشـد.

می‌گویم: «ویار کرده‌ای ها، مامان‌جان!»

می‌گوید: «برای تولدت ببین چه زحمت‌هایی که نمی‌کشم.» و ریز می‌خندد.

می‌گوید: «حالا خوب است تو می‌بینی برای یک مادر، زاییدن چقدر سخت است. ببین تا به‌دنیاآمدنت چه مصیبت‌ها که نمی‌کشم.»

می‌گوید: «با پدرت دعوا شده بود؟ حتماً باز سر ناصرالدین‌شاه دعوایتان افتاده.»

خوانندهٔ گرامی! مادر هم فهمیده است که من و پدر در موضوع ناصرالدین‌شاه نمی‌توانیم تفاهم کنیم. پدرم قدرت تحلیل ندارد و کهنه و عتیقه به موضوعات می‌نگرد. او مانند من تصوری از بلای غرب برای بشریت ندارد.

مادرم می‌آید و کنارم روی کاناپه می‌نشیند و سرم را روی پایش می‌گذارد.

پدر نمی‌داند باید در گردنه‌ای از تاریخ، گردن غرب را گرفت و از چرخ گردون فروافکندش و ما، خود، گردانندهٔ این چرخ باشیم. از زبونی بگریزیم و غرب را خوار و ذلیل سازیم.

مادر می‌گوید: «پدرت عاشق توست. او صلاحت را می‌خواهد. من هم همین‌طور.» و سرم را به شکمش می‌چسباند. فاصلهٔ صورتم با جنینم تنها پوست شکم مادر است.

آه! پدر چه می‌فهمد که ناصرالدین‌شاه می‌خواهد فرمان تکنولوژی را از غرب بستاند و ما را فرماندار تکنیک کند که می‌گوید غلط کرده تخم جن!

مادرم بوسه‌ای به پیشانی‌ام می‌زند. گونه‌هایش خیس است.

به پدر بارها زنهار داده‌ام که ما باید تصویر درستی از ملکوت زمانهٔ خود داشته باشیم و او با کلماتی نخ‌نما که کهنگی و ناکارآمدی از هر لغتش می‌بارد، پاسخم را داده است.

مادرم می‌گوید: «حرفی نمی‌زنی؟»

می‌گویم: «دارم برای خوانندگان عزیز نظر پدرم را در کلماتی مناسب صورت‌بندی می‌کنم، که می‌گوید: هر کس که بخواهد ملکوت تو را با وعدهٔ ملک بدزدد یا ملک تو را با وعدهٔ ملکوت بدزدد، تخم جن است.»

مادرم می‌گوید: «می‌شود بی‌خیال این قصه شوی و ننویسی‌اش؟ این قصهٔ خوبی برای تو می‌شود؟»

می‌گویم: «برای قبر می‌نویسم که با پدر وقتی توی قبر خوابیده‌ایم، چیزی برای خواندن و لذت‌بردن داشته باشیم.»

پدر هرگز نمی‌فهمد که ایمان، چیزی جز ایمان به ملکوت عصر خود نیست و در عصر ما، ملکوت یعنی تکنولوژی و راه رسیدن به ملکوت آن است که صاحبخانهٔ زادگاه تکنولوژی و زهدان تکنیک باشیم.

مادرم می‌گوید: «می‌خواهم وقتی سینه‌ام پر از شیر شد، وقتی خواستم شیرت بدهم، وقتی سینه‌ام را برهنه کردم، کمی از آبگینهٔ اشک بردارم و روی سینه‌ام بریزم که شیرت با اشک آبگینه مخلوط شود.»

سینه‌های فرحان بسیار زیباست. به‌اندازه و به‌قاعده است. هرگاه که دوست دارم، هراندازه و هرشکلی که می‌خواهم می‌شود. تلویزیون را روشن می‌کنم. مادرم ظرف‌هایش را جمع می‌کند و به آشپزخانه می‌برد.

فصل دوازدهم

گمانــم وقتـش رسـیده که اعتراف کنم: مـن یک بازنـدهٔ ابـدیام. نمیخواهم بگویـم از ازل مـن را بازنده خلق کردهاند و تقدیرم بـوده یا هیچکس از زندگی برنده خارج نمیشـود. شاید اینها درسـت باشد، شاید هم نه. اما من راجع بـه سرشـت و سرنوشت حرف نمیزنم. من از آیندهای میگویم که جز تباهی در برابـرم نیسـت. در این چهل و چند سـال که عمر کردهام، نیروهای سرشـار جسـمی و روحی داشـتهام که تدریجاً همه را باختهام و چه اندوختهام؟ تقریباً هیـچ! و دیگـر توانـی برای اندوختن نـدارم. سـرمایههایی که برای اندوختن داشـتهام، همگـی رفتهاند: سـلامت و قوت ذهنـم تقریباً مضمحل شـدهاند و نهایتـاً تـوان حمل این تـن را دارند که مجموعـهای از بیماریهاسـت و ذهنی کـه فرتـوت و بیجان اسـت. دو کتاب نوشـتهام کـه حاصلش فقـط هدررفت کاغـذ و جوهـر بـوده اسـت و کسـی بـه بیضهٔ چپش هـم حسـابش نکرده و دیگـر چـه؟ بـاز تقریبـاً هیـچ! گمـان کـردم دانایی غایـت من خواهـد بود و زندگـی در داسـتان دیگران، یعنـی چندین بـار زندگی کـردن و ماننـد معتادی بیاراده، خـود را اسـیر افیون داسـتان و رمان و فلسفه کـردم و نتیجهاش شـده ایـن حـس تنهایی عجیب و افسـردگی مزمن. بین دیگرانـی زندگی میکنم که

هیـچ حـرف مشترکی با ایشـان نـدارم. چرا نفهمیدم که زندگی چیـزی غیـر از تجریـد و انتـزاع و استعلای فلسفی یـا خیالات داستان‌نویسان است؟ من در کلمـات به‌دنبـال معنـای زندگی گشـتم و نفهمیدم که زندگی چیـزی بیرون از کلمـات است. کاش پیش از آنکه گرفتار افیون کلمات شـوم، می‌دانسـتم ایـن چیزهـا را. کاش خـود را در برکـهٔ بازی کوچکی که پر از فرامیـن و قواعد و نیکی‌هـا و پلیدی‌هاست، بی‌دلیـل رهـا می‌کـردم. هـر برکـه و هـر بـازی، چـه فرقـی می‌کنـد؟ فقط آن‌چنان سـرگرم قاعده‌هـا و دسـتورها و زیبایی‌ها و زشـتی‌های ایـن بازی می‌شـدم که فراموشم می‌شـد این برکه چقـدر کوچک اسـت و ایـن بازی چقـدر بی‌معنا. هیچ والیبالیسـتی از خود تا ابد نمی‌پرسد کـه اگـر تنش به تـور بخورد یا تـوپ در آن مسـتطیل رنگی به زمین برسـد چه اتفـاق هستی‌شناسـانه و معرفت‌شناسـانه‌ای در عمـق بشـریت می‌افتد و کدام نامـوس جهـان به مخاطره کشـیده می‌شـود که تمام جـان و توانـش را از ذهن و بـدن بـه کار می‌بنـدد کـه تنـش به تور نخـورد و توپ هـم به زمین. من بایـد غـرق در چنیـن برکـه‌ای می‌شـدم و تمام ذهن و بدنم را وقـف این بازی بی‌معنا می‌کـردم. شـب و روز بـه تـوپ و تـور و زمیـن و قوانینـش می‌اندیشـیدم و در پایـان عمر از تجاربـم برای بازماندگانـم می‌گفتم و در وصیت‌نامه‌ام برایشـان می‌نوشـتم چـه کننـد که تـوپ به زمین نخورد و تنشـان هـم به تـور. من غواصی شـدم بـرای غـوص در اقیانوس معنای زندگی و آن‌قدر غوص کـردم و پاییـن و پاییـن‌تـر رفتـم کـه حـالا نه تـوان غرق‌شـدن دارم و نه تـوان بازگشـت به سـطح آب و نـه انگیـزه‌ای بـرای ادامهٔ این غـوص. برای من نیـک و بد بی‌معنا شـده اسـت. وفـا و خیانـت فـرق خاصـی ندارد. بـه پدرم - بـا همهٔ خـوب و بدش - قـول داده‌ام کـه بکشـمش. و حـالا بـرای وفای‌به‌عهد انگیـزه و حسـی ندارم. مـن کورحـس شـده‌ام. ایسـتاده‌ام جایـی فراسـوی نیـک و بـد. آیـا در این عمق دریا، که دریـای تاریـک اسـت، کـه شـعاعی از نـور نیسـت، خدایی یا ناخدایی

هست؟ من به هیچ آرزویی نخواهم رسید. شاید اگر چندین و چند سال پیش‌تر بود، نیروی جوانی مرا می‌فریفت که برای ادامهٔ راه قدرتی و وقتی هست. حالا چگونه خود را بفریبم؟ من مسئول ادارهٔ بزرگ‌ترین حسینیهٔ جهانم. بهترین اسباب و امکانات را دارم. اما هیچ ستارهٔ بختی ندارم که حتی بخشی از این حسینیه را از عزاداران پر کنم. کدام عزادار مرا می‌شناسد تا به حسینیه‌ام بیاید و کدام منبری به خواست من به منبر می‌رود و کدام مداح و روضه‌خوان برای حسینیهٔ بی‌مستمع نغمهٔ سوگ خواهد سرود؟

شاید برای پایان‌دادن به این‌همه ناکامی، مرگ پاسخی صحیح باشد. شاید برای همین است که پدرم دشمن آرزوست. شاید برای همین است که پدرم شیفتهٔ مرگ است. شاید بی‌مرگی فرحان نفرینی باشد که گریبانش را گرفته و او خیال می‌کند دعایی است که مستجاب شده. شاید غواص نتواند خود را غرق کند ولی می‌تواند خود را چونان ذبیحی تقدیم نهنگ بی‌خیال مرگ کند. من، شمر و فرحان باید همین جا خود را بکشیم: راه‌حل زندگی در فراسوی نیک و بد، مرگ است. اما چه می‌شود کرد که مادرم مرا باردار است. من زاییده می‌شوم و این دردناک است.

فصل سیزدهم

تلویزیون را روشن می‌کنم. مادرم ظرف‌هایش را جمع می‌کند و به آشپزخانه می‌برد. داریوش کریمی[22] متوجه می‌شود که تلویزیون را روشن کرده‌ام. با حرارت می‌گوید: «شمر که بود و چه کرد؟ آیا فرحان موجودی خیالی در عرصهٔ تاریخ است؟ تاریخ‌نگاری حوادث عاشورا چگونه اتفاق افتاد؟ به برنامهٔ پرگار این هفته خوش آمدید.» تیتراژ رسمی برنامه پخش می‌شود. سه نفر مهمان داریوش کریمی‌اند که نمی‌توانم از هم تشخیصشان دهم. فقط به‌نظر آشنا می‌آیند. داریوش کریمی مهمانان برنامه را معرفی می‌کند: «نفر دوم از سمت چپ، فرحان با لباس آبی که خود را نامیرا و از حاضران در معرکهٔ عاشورا معرفی می‌کنند؛ و نفر سوم با پیراهن رنگین‌کمانی رابینسون کروزوئه، که حیِّ بن یقظان را بدیل و کپی خود در مشرق می‌دانند.»

عجیب است! پس چرا شمر را معرفی نمی‌کند؟ باید می‌گفت: «نفر اول از سمت راست، آقای شمر با لباس قرمز که خود را خدا و از حاضران در معرکهٔ روز عاشورا معرفی می‌کنند.» و ادامه می‌داد: «آقای شمر! از شما شروع می‌کنم. وقایع‌نگاری معرکهٔ عاشورا را چطور ارزیابی می‌کنید؟» و

۲۲- داریوش کریمی مجری برنامهٔ پرگار از بی‌بی‌سی فارسی است. وی تلاش مجدانه‌ای برای القاء حس دانایی به مخاطبان فارسی‌زبان دارد. تلاشش نزد ایزد محفوظ باد.

شـمر با کراوات سـرخ که به مبل سبز لَم داده باشـد با لهجهٔ غلیظ عربی سخن بگویـد و حرف‌هـای تکـراری. شـمر صورت‌بنـدی الهیاتی عاشـورا را توضیح بدهـد کـه خلیفـه جانشـین خداسـت و حکـم او حکم الهی اسـت و حسـین درنیافته بود و الهیاتی واپس‌گرا داشـت. که حسـین خود را خدایی انگاشـته بود و یزیـد را غاصـب خدایی خویش. و تأکید کند که زنان هلهله‌کش در عاشـورا بودنـد ولی فرحان که فرمانده‌شـان باشـد، جعلی اسـت.

امـا داریـوش کریمـی می‌گویـد: «فرحـان! از شـما شـروع می‌کنـم. آیا شـما در تاریـخ وجـود خارجـی داشـته‌اید؟» در مقابـل فرحـان بـا حرف‌هـای تکراری توضیـح می‌دهـد کـه شـمر و یزیـد و هرکس کـه در معرکهٔ عاشـورا بـوده جز خود او، امـروز مرده اسـت. چیـزی که زنده اسـت، قصه‌هـای باقیمانـده از جنگ‌های روز عاشوراسـت و او احسـن‌القصص را، آنچه را که مردمان دوسـت دارند، همان را تاریـخ می‌دانـد. حوصلهٔ شـنیدن نـدارم. رابینسـون کروزوئه هـم می‌بافد. مدام می‌بافـد. نمی‌دانـم چه می‌گوید ولـی خوب می‌بافـد و آسمان‌وریسـمان می‌کند. کنتـرل را برمـی‌دارم تا تلویزیون را خاموش کنم. فرحـان بانگ بر می‌دارد که: «ما اینجاییـم که تو را سـرگرم کنیـم. چه می‌خواهـی بکنی؟»

می‌گویـم: «ناامیدتـر از آنـم کـه معرکـهٔ شـما برایـم چیـزی جـز تکرار مکـررات باشـد.»

فرحـان می‌گویـد: «می‌خواهی برایت عربی برقصم؟ یا برایت یک اسـتریپ غربـی کامل انجام دهم؟»

می‌گویم: «دلم می‌خواهد بمیرم.»

می‌گوید: «پسر کو ندارد نشان از پدر... »

می‌گویم: «زندگی من گورستان آرزوهاست.»

کنارم می‌نشیند. روی مبل. تنش را به من می‌چسباند. داغ می‌شوم.

می‌گوید: «جهنم از تن من هم داغ‌تر است.»

و دستم را زیر دامن کوتاهش می‌کشد.

می‌گوید: «جهنم هیزم می‌خواهد.»

چشمانم نیم‌بسته می‌شود و دهانم نیم‌باز.

می‌گوید: «در فصل بعد راه رستگاری را نشانت می‌دهم.»

فصل چهاردهم

برای هر انسان آرزو شکلی دارد. من گمان می‌کنم آرزویی خوب است که جامع همه‌چیز باشد. به‌هر حال انسان از دو حال خارج نیست: یا به قیامت اعتقاد دارد یا اعتقاد ندارد. آرزوی خوب برای رستاخیزباوران باید عقبایشان را شاد کند و برای نامعتقدان به حیات پس از مرگ، شادی را تا دم مرگشان تضمین کند. برای من که به هیچ‌چیز نه باورمندم و نه بی‌باور، بهترین آرزو این است که هر دو را تا سرحد امکان تأمین نماید. از این‌رو حسینیهٔ بزرگ داشتن، امپراتوری کوچکی در دنیاست که در صورت وجود عقبا، معاد انسان را هم تأمین می‌کند.[۲۳]

فرحان می‌گوید: «من به درستیِ استدلالت کاری ندارم. من می‌خواهم تو را به آرزویت برسانم.»

ناصرالدین‌شاه به موضوعی کلیدی پی برده است که اکثر نفوس هم‌وطنان از فهم معنای آن بی‌بهره‌اند: سیاست افزایش نفوس و جمعیت. واقعاً در این جهان، بدون جمعیت چیزی شکل نمی‌گیرد. مفهوم دموکراسی اگر حکومت اکثریت نفوس باشد، بدون تزاید شمار نفرات، حکمی در جهان ساری و

۲۳- بر اساس نظر عامهٔ شیعیان، محبت امام سوم شیعیان برای نجات از عذاب قیامت کافی است.

جـاری و محکم نمی‌شـود. فرحان در فصل پیش توضیـح داد که تاریخ قصه‌ای اسـت کـه عامـۀ مـردم بـر آن اتفاق‌نظـر دارنـد. امـا ایـن موضـوع بـه همین جا ختـم می‌شـود؟ آیا دانشـگاه بـدون خیل دانشـجویان چیزی جز عمارتـی با دار و درخـت اسـت؟ و سـینما بـدون مخاطب چگونـه داعیـۀ هنر می‌تواند داشـته باشـد؟ و مـن حـالا امیـر یک حسـینیه نیسـتم، کلیـددار یـک حسـینیه‌ام. زیرا حسـینیه جمعیـت مشـتاق و فـراوان می‌طلبـد تـا من امیـرش باشـم و اینکه من دارم، امیری نیسـت و کلیدداری اسـت.

فرحان می‌گوید: «خب چه کردی که کسی بیاید توی حسینیه؟»

می‌گویم: «اگر بلد بودم، کاری می‌کردم که کتاب‌هایم بفروشند.»

می‌گویـد: «کتاب... هنر... فلسـفه... این مزخرفـات را بریز دور. صادق هدایـت یـا احمد محمـود[۲۴] روی هم چند تـا مخاطب داشـته‌اند؟ تیراژ همۀ کتاب‌هایشـان، رسـمی و غیررسـمی، افست‌شـده و الکترونیکـی، همه روی هم چند تا می‌شـود؟»

موبایلش را از جیبش درمی‌آورد. صفحه‌ای باز می‌کند که اینستاگرام است.

می‌گوید: «ببین! دختره لامصب! سی میلیون دنبال‌کننده دارد.[۲۵]»

می‌گویم: «این چه به درد حسینیه می‌خورد؟»

می‌گویـد: «دنیـا، دنیـای تخصـص اسـت. تـو از بازاریابـی جمعیت چیـزی می‌دانـی؟»

می‌گویم: «نه!»

می‌گوید: «پس گوش کن! من برایت متخصص به کار می‌گیرم.»

نگاهش می‌کنم.

می‌گوید: «تا به‌حال عشق خوب را تجربه کرده‌ای؟»

۲۴- دو نویسندۀ خوش‌اقبال و از نظر مخاطب در برکۀ کوچک ادبیات فارسی: متعالی!

۲۵- گمانم زنی بود اینفلوئنسـر فارسـی‌زبان. مطابق تحقیقـات به‌عمل‌آمده، رونالدو، سـتارۀ فوتبال پرتغال، بیش از نیم میلیـارد دنبال‌کننده دارد.

و با انگشت شست و اشاره‌اش دایره‌ای می‌سازد.

می‌گوید: «یک عشق آتشین و تنگ!»

و چشمکی می‌زند.

می‌گویم: «تو را دوست دارم.»

می‌گویـد: «من برای عشق‌ورزیدن خیلی مناسـب نیسـتم. امـا راهنمای تـو خواهم بـود. مطمئن باش.»

و دستم را روی سینه‌اش می‌گذارد.

می‌گوید: «آیا هنوز قصد انتحار داری؟»

نگاهش می‌کنم.

می‌گوید: «تراژدی همیـن اسـت. آپولون می‌خواهـد. فصل دوازدهم فصل آپولـون اسـت. اما از دیونیسـوس غافل نشـو. خرد تام که نزد زئوس اسـت، هم شـامل آپولـون اسـت و هم دیونیسـوس. آپولـون به‌همـراه دیونیسـوس نخواهد گذاشـت تو ناکام بمیری.»

دکمهٔ برآمدهٔ سـینه‌اش گـرم و گرم‌تر می‌شـود. بزرگ و کوچک. برآمده و تیز شـده.

می‌گوید: «درسـت اسـت به وعده‌ای کـه به پدر داده‌ای وفـا نکنی؟ تو به او وعـدهٔ مـرگ شایسـته داده‌ای. و جـزای مهری که بـه پـدر داری، امپراتوری حسـینیهٔ ناصرالدین‌شـاه اسـت. در این جهان هیـچ خیری بی‌جـزا نمی‌مانـد. موافقـی بـرویـم فصـل بعـد تـا بازاریاب خـوب بـرایت معرفـی کنـم و تـو را از خمودگی نجـات دهم؟»

فصل پانزدهم

فرحان دو خواهر به‌نام‌های رعنا و شیدا به من معرفی کرد و دوست‌پسرشان که خالد نام داشت. خالد در صفحه‌ای اینستاگرامی اندام متناسبش را نمایش می‌داد و مخصوصاً خط‌های روی شکمش که شش‌تایی می‌شد. دربارهٔ رژیم غذایی مناسب و ورزش و چگونه سرخوش زندگی کنیم، پست‌هایی در اینستاگرام گذاشته بود و گاهی درحالی‌که نیم‌تنه‌اش لخت بوده، با گیتار نغمه‌ای نواخته و شعری خوانده. در معرفی‌نامه‌اش علاوه بر علامتی که مانع چشم‌زخم است، نوشته: «مرد تنهای شب که به خودش متکی است.» یکی از ویدئوهایش در یوتیوب بیش از صدمیلیون بازدیدکننده داشته، جایی‌که با گیتار خوانده بوده: «بهت قول می‌دم سخت نیست/ لااقل برای تو/ دورم از تو و دنیای تو/ راحت باش!»

رعنا و شیدا هم صفحات مشابهی داشتند. دابسمش می‌کردند. در کنار استخر و با لباس شنا لطیفه‌های خنک تعریف می‌کردند. مثلاً در پستی در اینستاگرامشان درحالی‌که لباس رقص عربی پوشیده‌اند، می‌گویند: «یک پدر و مادری با هم قرار می‌گذارند هر وقت خواستند از آن کارها بکنند، بگویند ماشین‌حساب لازم دارم. یک روز، پدر به پسرش می‌گوید

بـرو به مامان بگو ماشین‌حسـاب لازم دارم. مامان پیغام می‌فرسـتد: فعلاً کار دارم. دسـتی حسـاب کن!» و بعد سینه‌هایشـان را که با سـینه‌بندی کوچک و سـورمه‌ای‌رنگ کمی پوشـانده‌اند، تکانـی می‌دهند و صدای موسـیقی عربی و غش‌غـش خنـده. در صفحـهٔ دیگـری در اینسـتاگرام لباس‌هـای مزون‌های مختلـف را می‌پوشـند و برایشـان تبلیـغ می‌کننـد و همچنیـن لـوازم آرایـش و آرایشـگاه‌های زنانـه را. و گاهـی فقـط بـا آهنگـی می‌رقصنـد. مثـلاً بـا این آهنـگ: «شـهر پُر حسـوده لطف کـن، عشـقمونو نده لو لـو لو! اگه پرسـیدن مـال کـی‌ای؟ داد بزن بگو تـو تو تو!» اما صفحات آن‌هـا تنها همین صفحاتی کـه خـود به‌تنهایی اداره می‌کردند، نبود. در صفحه‌ای، هر سـه با هم مشـترکاً بـرای پست‌هایشـان تولیـد محتوا می‌کردنـد. در این صفحه زندگی شـخصی روزانهٔ سه‌تایی‌شـان پسـت شـده اسـت. مثـلاً رعنـا در فنجانی که در دسـت شیداسـت چای می‌ریزد و خالد بر لب اسـتخر نشسـته اسـت و منتظر چای. یا رعنا و شـیدا لباس‌خواب پوشـیده‌اند و یکی سـمت راسـت و یکی سـمت چـپ خالـد که بالاتنهٔ برهنه‌ای دارد، روی تخـت خوابیده‌اند و پتـو را تا نیمه بـه روی خـود کشـیده‌اند. یـا در ویلایـی مجلل خالـد گیتار می‌زنـد و رعنا و شـیدا کنار آتش نشسـته و هر یک سـگی و گربه‌ای در آغوش و محو تماشـای خالدند. و از این دسـت.

می‌گویـم: «درسـت. می‌فهمم که شـما پیـروان زیادی داریـد. ولی برای یک حسـینیه چه کار می‌توانیـد بکنید؟»

نگاهم می‌کنند. انگار که خری صم بکم باشم که نمی‌فهمد.

می‌گویـم: «بلـه! مجموع پیروان صفحات اینسـتاگرامی شـما، شـاید ده‌ها میلیـون نفر باشـند. ولی آیا نسـبتی با یـک آیین مذهبی-سـنتی دارید؟»

خالد می‌گوید: «ما هم برای خودمان شرط و شروطی داریم.»

می‌گویم: «نمی‌فهمم. چه شرطی؟»

می‌گوید: «ما برای عزا، عروسی، ختنه‌سوران، عمل کوچک و بزرگ کردن ممه، هرچه تو بگویی کار می‌کنیم. ما کار خیریه هم می‌کنیم حتی.»

می‌گویم: «من بودجه‌ای برای پرداخت ندارم. این کار جزو ردیف‌های خیریه محسوب می‌شود؟»

می‌گوید: «چند نفر می‌خواهی بریزی توی حسینیه‌ات؟»

می‌گویم: «میلیون‌ها. هر چه بیشتر، بهتر.»

می‌گوید: «آن‌وقت خیریه؟ درِ ما نمال، حاجی.»

می‌گویم: «پولی ندارم.»

می‌گوید: «فضا و امکانات به آن بزرگی. روزهایی که مراسم نداری، در اختیار ما باشد. خانه‌مان را هم تحویل می‌دهیم به صاحبخانه، آنجا بشود خانهٔ ما. سرایداری‌ات را هم می‌کنیم عملاً.»

می‌گویم: «باید فکر کنم.»

می‌گوید: «اول فکرهایت را می‌کردی بعد زنگ می‌زدی، حاجی.»

می‌گویم: «یک روز به من فرصت بدهید با فرحان مشورت کنم. خانم‌ها نمی‌خواهند نظر بدهند؟»

می‌گوید: «زبان آن‌ها توی دهان من است. دربیارید زبان‌هایتان را حاجی ببیند.»

شیدا و رعنا زبان‌هایشان را درمی‌آورند و چپ و راست می‌کنند. بعد آن‌قدر دهانشان را باز می‌کنند که سقف دهانشان معلوم شود. روی سقف دهان رعنا، «خا» و روی دهان شیدا «لد» خال‌کوبی شده که مجموعاً می‌شود: «خالد».

فصل شانزدهم

فرحان روی مبل کنارم نشسته و تلویزیون فیلم سینمایی «زیبای آمریکایی» را پخش می‌کند. فرحان صفحه‌ای اینستاگرامی را نشانم می‌دهد که «زیباجویانی» به مطب دکتری رفته‌اند و پیهٔ پهلویشان را به گردی کونشان تزریق کرده‌اند یا واژن خود را تنگ و جوان‌سازی و پاک از موی زائد کرده‌اند و سیلیکون در سینه کرده‌اند و در برابر سؤالات رعنا و شیدا، از اینکه پیکرتراشی شده و زیبا گشته‌اند، اعلام رضایت کامل از زندگی کرده‌اند.

می‌گویم: «خوش به حالشان! زندگی‌شان چه کوچک است!»

می‌گوید: «چشم‌های تو کوچک است. زندگی خیلی بزرگ‌تر از مغز کوچک توست.»

می‌گویم: «آدم به‌خاطر کونش از زندگی راضی باشد؟»

می‌گوید: «آدم با بدنش زندگی می‌کند. اگر از بدنش راضی بشود، بد است؟»

می‌گویم: «این‌ها آن خانه و زندگی قشنگشان را رد بکنند و بیایند توی حسینیه زندگی بکنند؟»

نگاهم می‌کند؛ نگاهی به خری که هیچ نمی‌فهمد.

می‌گویم: «ناصرالدین‌شاه راضی است؟»

می‌گوید: «ناصرالدین‌شاه امیری همه را دارد و حالا امیری حسینیه را به تو سپرده است و تو آتش‌به‌اختیاری. اگر می‌خواهی امیر حسینیه نباشی، چرا آرزویش را داری؟ تصمیم بگیر و بر تصمیمت باش. این راهِ میلیون‌ها نفر را راهی حسینیه‌کردن است. راهی دیگر می‌شناسی، بسم‌الله.»

نگاهش می‌کنم.

می‌گوید: «می‌دانی مردم چه کسی را بیشتر می‌شنوند؟ کسی که ناگفتنی‌ترین حرف‌ها را بزند.»

نگاهش می‌کنم.

می‌گوید: «پای آرزویت می‌ایستی؟»

و دستم را روی گودی برهنهٔ کمرش می‌گذارد. تنم آتش می‌گیرد.

می‌گوید: «تو دوست داری کجای من را ببینی؟»

قلبم تند می‌زند.

می‌گوید: «جاهایی که معمولاً نمی‌گذارم همه ببینند؟»

دهانم تلخ و خشک می‌شود. آیا بگویم یا نه؟

می‌گویم: «چطور می‌توانم داخلت را لمس کنم؟»

می‌گوید: «می‌خواهی بکنی؟» و غش‌غش می‌خندد.

می‌گویم: «عشق را تجربه کنم.»

می‌گوید: «باکرهٔ جوان! هرگاه خواستی تا دیگر به هیجانت نیاورم، حرفی نیست. مرا بکن. به هر شکل و هر راهی که می‌خواهی مرا بکن.»

می‌گویم: «من عاشقم، فرحان!»

می‌گوید: «عشق!»

و غش‌غش می‌خندد. خنده‌هایی که مدام دلم را می‌لرزاند.

می‌گوید: «عشق فقط یک اسم مستعار است. برای اینکه آدم‌ها برای

هر کارشان می‌خواهند اسم‌های زیبا خلق کنند.»

می‌گوید: «پایان عشق تجربۀ جنسی است. بعدش دیگر عشق نیست. تکرار است. تکرار هرگز نمی‌تواند عشق باشد.»

می‌گوید: «می‌خواهی تا آخر عمر عاشق من بمانی؟»

می‌گویم: «به خدا سوگند آری!»

می‌گوید: «تنت را به تنم نزن. از دور تماشا کن. به ذهنت بسپار و خودارضایی کن.»

می‌گویم: «ولی تو از من خواستی با آن دو دختر عشق را تجربه کنم.»

دستش را میان پاهایم می‌کشد و می‌گوید: «گاهی با این و گاهی با آن، گاهی با هر دو. و هر وقت خواستی با زنی یا زنانی یا مردی یا مردانی یا زنان و مردانی دیگر عشق را بیازمای. عشق آزمودنی است، نه تکرارکردنی.»

چشم‌هایم نیمه‌باز و تنم سست می‌شود.

می‌گوید: «تا به‌حال شده از گرسنه‌بودنت شرمسار باشی و بابت این شرمت، طلب غذا نکرده باشی؟»

و منتظر جوابم نمی‌ماند.

می‌گوید: «هیچ حاجتی از انسان مایۀ شرمساری و احساس گناه او نباید باشد. تابومند نباش بلکه آرزومند باش. تابو ترمز است و آرزو کلید نشاط و سرعت.»

تنم می‌لرزد و رخوت سراسر وجودم را می‌گیرد.

می‌گوید: «امیرِ حسینیه‌ات باش. مگر خیر دنیا و عقبی را نمی‌خواستی؟»

فصل هفدهم

پـدرم در حمـام مـادرم را می‌شـوید. پـدرم صـدای بازشـدن در را که شـنیده لابـد، صدایـم می‌زند که نمی‌خواهم به حمام بروم؟ مـادرم روی در یخچال، مثـل هـر بار که به آرامسـتان می‌رود، توصیه‌نامه نوشـته اسـت کـه چه غذایی کجای یخچال اسـت و چطـور برای خوردن گرم و آماده‌اش کنم. با انگشـت به شیشـهٔ پنجرهٔ حمـام می‌زنم.

می‌گویـم: «لطفاً سریع باشید. نمازم قضا می‌شود.[۲۶]»

گمانـم صـدای درزدنـم زیـر صـدای آواز پـدرم گم می‌شـود. کنـار پنجره مـی‌روم و خورشـید را نـگاه می‌کنـم کـه آیا غـروب کرده اسـت یا خیـر؟ هنوز خورشـید سـرخی را در آسـمان نپاشـیده ولی زود باشـد که بپاشـد. لباس تازه از کمـدم مـی‌آورم و بـه مسـتراح می‌روم. بـا اولیـن قطـرات ادرارم تنم کرخت می‌شـود. صـدای آواز پدر شـنیده می‌شـود و چقـدر ناکـوک: «دو زلفونت بود تـار ربابـم، چـه می‌خواهـی از این حـال خرابم؟»

۲۶- خوشـا بـه حالتـان کـه در مغرب زندگـی می‌کنیـد. ما بایـد بدانیم که مراسـم عشـای ربانی چیسـت و کلیسـا چقدر مقدس اسـت و عید پسـح چیسـت و از این قبیل. ولی شـما لازم نیسـت بدانید کـه هر نمازی وقـت معینـی از روز دارد و بایـد بـرای نماز غسـل داشـت و وضو داشـت و در تنگـی وقت می‌شـود به‌جای غسـل و وضو با آب، با خاک تیمم کرد و حسـینیه چقدر مکان مقدسـی اسـت که قدسـیتش با مسـجد شانه می‌زنـد و گاه افزون بر آن اسـت.

باید به رعنا و شیدا و خالد بگویم به پدرم درس سولفاژ و نت بدهند. لابد دارد موی مادر را می‌شوید که این‌جور آواز می‌خواند. عادت دارد موی مادر را بشوید و ببوید و خشک کند و شانه کند؛ عادتی وسواس‌گونه.

از مستراح که بیرون می‌آیم، فرش را بالا می‌زنم و با غبار زیر فرش تیمم می‌کنم.

صدای مادرم هم از حمام بیرون می‌آید و شنیده می‌شود وقتی جیغ می‌زند که: «این‌طور موهایم را شانه نکش، دردم می‌گیرد.» و پدر می‌خندد و به‌دنبالش لابد مادر. هوا دارد به سرخی می‌زند. دارد دیرم می‌شود. پدرم فریاد می‌کشد که آیا نمی‌خواهم مرا بشوید؟ و من بی‌آنکه جوابش را بدهم نمازم را شروع می‌کنم. وقت تنگ است و خورشید باید دیگر سرخی‌اش را به آبی آسمان ببخشد.

فصل هجدهم

داستان‌نویس بی‌پول ما که امیرِ حسینیهٔ ناصرالدین‌شاه بود، پذیرفت اگر تیم تبلیغاتی اعم از خالد، شیدا و رعنا بتوانند برای اولین مراسم روحانی و مذهبی، میلیون‌ها نفر را به حسینیه بیاورند، به‌مدت یک سال فضا و امکانات حسینیه در اختیار ایشان قرار گیرد. در مدت این یک سال نیز تیم تبلیغاتی متعهد است به تأمین نفر برای حضور در جلسات مذهبی و آیینی در هر جلسه دست‌کم سه درصد بیش از جلسهٔ قبل. در صورت موفقیت‌آمیزبودن مکانیزم توافق، این قرارداد عملاً تا بیست سال به‌صورت اتوماتیک تمدید می‌شود. اگر برای هر یک از طرفین قرارداد به‌هر دلیلی اختلافی پیش بیاید، حَکَم، فرحان خواهد بود. تبصره اینکه در صورت نیازِ ناصرالدین‌شاه به استفاده از حسینیه برای خدمات حکومتی، کلیهٔ هزینه‌ها و امکانات حسینیه در اختیار ناصرالدین‌شاه خواهد بود.

آیا تیم تبلیغاتی خواهد توانست برای اولین مراسم خود حداقل یک میلیون نفر به حسینیه بیاورد تا مراسم عزای حسینی با شور بالا برگزار شود؟ داستان‌نویس ما با خود اندیشید: آه اگر چنین شود! آه اگر چنین شود! آن وقت با صرف کمی انرژی می‌توان این اتفاق مهم را با عناوین زیر

در هر دو کتاب تاریخ و گینس ثبت کرد:

- بزرگ‌ترین همایش مذهبی جهان
- بزرگ‌ترین فستیوال انسان‌محور جهان
- بزرگ‌ترین معبد جهان
- بیشترین عبادت در یک لحظه در جهان
- برترین...
- بزرگ‌ترین...

برای داستان‌نویس قصهٔ ما، این صفت‌های برترین و افعل التفضیل مانند شربت عسلی غلیظ در کام تشنهٔ تلخ‌کامش می‌نشست. گمان می‌کرد چه دندانی از غرب خواهد شکست. و چگونه آن‌ها به این حرکت عظیم تاریخی سر تعظیم فرود خواهند آورد. و نشان خواهد داد چگونه یک قدیس قهرمان مسلمان که قرن‌ها پیش می‌زیسته، توانسته لشگری از دوستان و محبان خویش گرد آورد که در تاریخ جهان سابقه نداشته باشد. همین لشکر است که به‌تدبیر ناصرالدین‌شاه در نبردی تاریخی مچ غرب را بر زمین خواهد زد و هیمنه‌اش را در هم خواهد شکست و آفتابش را به زوال مغرب خواهد سپرد و آفتابی دیگر از مشرق ناصرالدین‌شاه طلوع خواهد کرد و آقای داستان‌نویس، امیر و نماد این جهان‌گیری آفتاب شرقی است. این بار شرق، نه با لشکر نظامی یا فرستادگان تکنولوژیکی که به‌مدد فرهنگی الهی بر غرب پیروز خواهد شد.

آری خوانندهٔ عزیز! تنها چالش آقای داستان‌نویس این شد که آیا گروه تبلیغاتی از این مصاف عظیم پیروز بیرون خواهد شد یا نه؟ و چالش مهم شما این است که این چه وضع داستان است که هر لحظه یک راوی دارد و آدم سرگیجه می‌گیرد. ضمن احترام به شما و سرگیجهٔ شما، باید به استحضار برسانم که متأسفم! واقعاً متأسفم!

فصل نوزدهم

چطور باید بنویسمش؟ به خانه می‌رسم. مراسم روضه‌خوانی ماهانهٔ مادرم است. پدرم نشسته است و تکیه به پشتی داده و زباله‌گرد کنارش. روضه‌خوان هم روی کاناپهٔ قدیمی نشسته و مادرم کنار کاناپه و آبگینه‌های اشکش، و کنار دستش یک سماور و پنج استکان و یک قندان پر از قند و خرده‌نبات. این تصویر را سال‌هاست می‌شناسم. قدمتش بیشتر از طول عمر من است. روضه‌خوان حالا رسیده است به آنجای ماجرا؛ از مظلومیت رباب، مادر شیرخوار کشته‌شده در روز عاشورا، می‌خواند که یک سال بر مزار همسرش نشست و جایی نرفت و نوحه خواند. حوصله‌شان را ندارم. به اتاق خودم می‌روم و در را می‌بندم. چراغ روشن نمی‌کنم. در تاریکی مغزم بهتر کار می‌کند. به مقاله‌ای می‌اندیشم که پس از اولین مجلس عزای باشکوه در حسینیهٔ ناصرالدین‌شاه خواهم نوشت. آیا بهتر نیست مقاله را با آیه‌ای از قرآن شروع کنم و بنویسم «و هر کس که نمادهای خدایی را بزرگ شمارد، از خداترسی دل‌هاست.»[۲۷] ولی گمانم جالب و جهانی نیست، حالیا که اتفاقی به‌پهنای جهان و وسعت تاریخ در شرف وقوع است. از این جهت بهتر است

۲۷- آیه‌ای از آیات قرآن - حج - ۳۲

مقالهٔ خود را چنین بیاغازم: «من در این اتفاق تاریخی اهمیتی ندارم. من آفرینندهٔ چیزی نیستم بلکه تنها - و به‌اصطلاح هگلی - قابله‌ای برای زایش روحی جدید در تاریخم. روحی که حسین سال‌ها پیش در جان‌ها دمید، امروز در زایشگاه بزرگ حسینیهٔ ناصرالدین‌شاه خبر از غروبی داشت که در پی آن، هم‌نوا با آوای بال جبرائیل، عقل سرخی بر افق مشرق، روحی تازه در جان تاریخ خواهد دمید.» این شروع خوبی است انصافاً. این‌طور نام کتاب‌های شیخ اشراق بی‌آنکه تصریحی اتفاق افتاده باشد، در مطلع مقاله خواهد درخشید. برای اینکه دل ساکنان غرب را هم به دست آورم و ایشان حالت تدافعی به خود نگیرند و از سر جنگ با این روح جدید تاریخ وارد نشوند، باید مضمونی چنین نیز در دل مقاله بگنجانم: «هگل درست می‌گوید: تراژدی راستین، نبرد بین خوب و بد نیست، بلکه جنگ دو نیروی خوب است. روح تعزیهٔ ناصری، روحی که اگرچه در نبرد با غرب است، غرب را نه به‌منزلهٔ شر، که به‌منزلهٔ خیری روبه‌زوال می‌بیند و خود را نه ناسخ، که تکامل‌یافتهٔ پیشینیان خود در انتهای تاریخ آخرالزمانی استدراک می‌نماید.» باری! این حسینیه بارقهٔ رستاخیز خیر در قیامت صغرای جهان در آخرالزمان است.

کاش مانند کامو یا صاحب کتاب خشم و هیاهو پیپی دم دست داشتم و بر گوشهٔ لب می‌نهادم و استعمال دخانیات می‌کردم. واقعاً تنم چنین طلب می‌کند. روبه‌روی پنجره می‌ایستم و به شب تهران نگاه می‌کنم. اگر اولین قومی که در تاریخ دامداری کرده‌اند ایرانیان بوده‌اند، چرا باید مجسمهٔ گاو در وال استریتِ نیویورک باشد؟ اگر کهن‌ترین راه‌های زیرزمینی تاریخ، قنات‌ها و کاریزهای ایرانی است، چرا اینک باید متروی پاریس برای ما نمادی از توسعه باشد و ما حسرت آن را بخوریم؟ و پرده‌خوانی سیاوش اگر بیش از پانزده سده پیش در ایران بوده است، این سینماتوغراف چه کوفتی است که طلایه‌دارش

ینگه‌دنیا باشد؟ در باز می‌شود و بی‌اجازه. توی پنجره تصویر شبح‌وار پدرم می‌افتد. برمی‌گردم. پدرم شانه‌هایم را می‌گیرد: «مثل یک مرد کشتی بگیر.» پدرم می‌گوید. می‌پرسم: «روضه تمام شد؟ پول روضه‌خوان را دادید؟» پدرم به عقب هلم می‌دهد. تلوتلو می‌خورم. دستش را پشت گردنم می‌اندازد. قوس می‌کند. یک خمم را می‌گیرد. تبدیل به دوخَم می‌کند. یک درخت‌کن. و از همان‌جا مرا به روی پل می‌کشد. شش امتیاز. حداقل هشت امتیاز داشت. داور وسط و رئیس تشک هشت امتیاز را تأیید می‌کنند. پدرم روی پل نگهم می‌دارد. داورِ وسط جوری خوابیده روی تشک که ضربه‌فنی‌شدنم را کنترل کند. پدرم گردنش را کنار گردنم می‌گذارد و صورتش را به صورتم می‌چسباند. می‌گوید: «من دشمن تو نیستم.» و به‌پهنای صورت گریه می‌کند. مادرم با شکمی برآمده‌تر از قبل پدرم را تشویق می‌کند. می‌گویم: «تو دشمن آرزویی و من آرزومندی در تکاپوی رسیدن به آرزوی خویش.» پدرم گردنم را و صورتم را غرق بوسه می‌کند. گونه‌اش را روی گونه‌ام می‌گذارد و می‌گوید: «به‌خدا دوستت دارم. خیلی دوستت دارم.» و می‌گوید: «صدای مرا می‌شنوی یا نه؟ خیلی دوستت دارم.» گریه امان نمی‌دهد که باز حرف بزند.

فصل بیستم

شیدا و رعنا در اینستاگرام خود تغییراتی دادند. مثلاً یکی‌شان گردن‌بندی به گردن انداخته بود که نشان بزرگ عقیق سیاهش روی برآمدگی عریان سینه‌های سفیدش جلب توجه می‌کرد، و زیر دست مشاطه‌ای نشسته بود. از بالای لباسِ نیم‌تنه اگر کمی دقت می‌شد، خطی که بر عقیق نوشته شده بود خوانده می‌شد: «سلام بر خون‌خواهان حسین». در اسلاید بعدی همین پست، می‌گفت که آرایشگاه پری‌خانم و همکاران برای مراسمی که در حسینیهٔ ناصرالدین‌شاهی برگزار خواهد شد، تخفیف چهل درصد دارند و اگر دوتا شوند تخفیف پنجاه درصد به نفر اول و چهل درصد به نفر دوم و همین‌طور به‌صورت هرمی هرچه نفر بیشتری معرفی می‌شد، حجم تخفیف بالاتر می‌رفت و گاه برای سرشاخهٔ اول ممکن بود از بابت سلسلهٔ مشتریان باشگاه پری‌خانم و همکاران درآمدی هم حاصل شود. این تخفیف وقتی اعمال می‌شد که حضور مشتری در حسینیهٔ ناصری به‌صورت تمام‌وقت محرز می‌شد. خواهرش نیز پست دیگری منتشر کرد. درحالی‌که کسی روی ران پایش عبارت «یا مظلوم» را خال‌کوبی می‌کرد در پستش گفت هر کس مایل است حاجت‌روا باشد و به هر آرزویی که می‌خواهد برسد، مراسم پیش

روی حسینیهٔ ناصرالدین‌شاهی را از دست ندهد. او به جان مادرش قسم خورد که بسیار آرزومند بوده است که خالد از just friend او به boyfriend تبدیل شود و چقدر محال می‌نموده این آرزو. زیرا خالد در آن زمان boyfriend پنج نفر ازجمله نانسی عجرم[۲۸]، جنیفر لوپز[۲۹]، سرینا جیمکا ویلیامز[۳۰]، جونگ کوک[۳۱]، میکی ماوس[۳۲] و معمر قذافی[۳۳] بوده. اما شبی به حسینیهٔ ناصرالدین‌شاه با نیت خالص آمده و شب‌هنگام وقتی خواب بوده دیده هیبتی از نور به او نزدیک و نزدیک‌تر شده و سرِ هیبت نورانی به میان پاهایش رفته و چیزی انگار به مهبلش فوت شده و وقتی شبح نورانی از میان پاهایش سر بیرون آورده، چهرهٔ خالد را دیده. فردا هم خالد در اینستاگرام بهش دایرکت داده که می‌خواهد از این پس فقط با او و خواهرش باشد. و باز قسم خورد که عین حقیقت را می‌گوید. از همهٔ حاجتمندان خواست که به‌جهت کامروایی به این حسینیه که قطعاً از جانب قدرت‌های آسمانی مدیریت می‌شود، برای مراسم بعدی بیایند.

و مردی درحالی‌که داشت به‌پهنای صورت گریه می‌کرد، برای خواهران شیدا و رعنا در پستی توضیح می‌داد که کور مادرزاد بوده و به‌امید شفای چشمانش به حسینیهٔ ناصرالدین‌شاه آمده و کسی گفته که از آب سماور در چشمانت بریز و او رفته و چشم‌هایش را زیر شیر سماور جوش گرفته و ناگهان همهٔ اصوات به همس رفته و کسی به او گفته که آتش جهنم برای مردان هیز که چشم بر نامحرمان دارند، از این هم سوزان‌تر است و وقتی دوباره صداها به حالت عادی برگشته دو چشمش بینا شده. رعنا و شیدا هم که اشکی

۲۸- خوانندهٔ زن مسن از جهان عرب که در مغرب هم شهرتی دارد. تلاشش نزد ایزد پاینده باد.

۲۹- خوانندهٔ زن مشهور لاتینی. تلاشش نزد ایزد پاینده باد.

۳۰- قهرمان تنیس زنان جهان. تلاشش نزد ایزد پاینده باد.

۳۱- پسر خوانندهٔ گروه کره‌ای که در مغرب شهرتی دارند. تلاششان نزد ایزد پاینده باد.

۳۲- کارتونی مشهور در دیزنی. تلاشش نزد ایزد پاینده باد.

۳۳- حاکم خودرأی عرب لیبی که بعد از کشته‌شدنش لیبی کلاً به گا رفت. تلاشش نزد ایزد پاینده باد.

بی‌امـان از چشم‌هایشـان می‌بـارد، می‌گوینـد بر منکـر و نابـاورش لعنت و حق همین اسـت و مرد کور مادرزاد گفته اولین چیزی که دیده نشـان ناصرالدین‌شاه روی سـماور بوده و همین باعث تقویت سـوی چشـمانش شـده اسـت.

اما خالد؛ عکسـی بر صفحه‌اش از خودش گذاشـته با ریشـی سیاه و سـرخ و پرپشـت و به‌اندازۀ یک قبضۀ مشـت بلند شـده و روی گونه‌اش جای زخم که انگار نشـان لطمۀ ناخن بر چهره باشـد، در کپشـن نوشـته اسـت: «هر که دارد هـوس کـرب و بلا بسـم اللـه...» مـا نمی‌گذاریـم این بی‌شـرف‌ها بـا تبلیغات منهوسشـان۳۴ اعتقـادات مـا را بگیرنـد، پس همه بـا هم می‌رویم حسـینیۀ آقا ناصرالدین‌شـاه کـه پوزۀ نجس بمالیم به خاک زلت و هیهات منّزلت۳۵.

البتـه این‌هـا همۀ تبلیغات نبـود. مشـت بـود نمونۀ خروار. کـه مردم بیایند به افتتاحیۀ حسـینیۀ ناصرالدین‌شاه.

۳۴- می‌دانم که منحوس درست است و
۳۵- می‌دانم که ذلت درست است و هیهات منا الذله.
اما ما درون را بنگریم و حال را و نه برون و قال را.

فصل بیست و یکم

داستان‌نویس روی کاناپهٔ مجللی نشسـت در اتاق دوربین‌های مداربسته که پر از تلویزیـون بـود و هر تلویزیون تصاویر گوشـه‌ای از حسـینیهٔ ناصرالدین‌شاهی را نشـان می‌داد و مردمی کـه فوج‌فوج به حسینیه وارد می‌شـدند. داستان‌نویس بـا خـودش فکـر کرد که ایـن حجم جمعیـت که می‌آینـد قطعاً رکوردهـای جهان تغییـر خواهد کرد.

افتتـاح برنامه‌هـا بـرای تبرک و تیمن با قرائت شـعری از ناصرالدین‌شـاه بود در رثای حسـین. آن‌کس که شـعر را می‌خواند پیرمردی بود موی‌سـپید که وقتِ خوانش شـعر صـورت لاغر استخوانی‌اش سرخ و کبود می‌شـد و چال لپ‌ها فرورفته‌تـر و شـعر را چنان با هیجان و از انتهای دیافراگمـش قرائت می‌کرد که انسـانِ نـاآگاه ممکن بود گمان کند کـه در میانهٔ خوانش شـعر، نفس از تهی‌گاه سـینه برنیاید و قلب از تپش باز ایسـتد. اما پیرمرد موی‌سـپید بارها افسـانه‌های کهـن ایرانـی را از پرده‌های نقاشـی بازخوانی کرده بود و شـور و حالش همین بـود. حنجره‌اش را پاره کرد و خواند: «خـوش بود در جمع یاران بلبلی / خاصه در منقـار آن برگ گلی»

نقال که شـعر را داشـت تمام می‌کرد، بغض گلویش را گرفت. و بسـیاری

از جمعیت هوار کشیدند از غصه شاید. داستان‌نویس در دلش نوری پیدا شد. گمان کرد که این بارقه‌ای از صاعقهٔ آخرالزمانی است که از دل‌های سوخته فوران می‌کند.

نقال آرام‌تر از قبلش گفت: «آخر علی‌اصغر نوزاد بود. چه گناهی داشت؟»

و بعد طوری‌که انگار داشت حنجره‌اش را برای آخرین فریاد آماده می‌کرد، خواند: «ببین ناصرالدین‌شاه چه کرده با این بیتش، دل سنگ را آب می‌کند. قربان دل و طبع نازکت بشوم، ای ناصرالدین‌شاه. خود تو بلبل، گل؛ علی اصغرت / زودتر بشتاب سوی داورت»

و منبری از منبر بلند بالای چوب روس و فنلاند با بهترین خراطی‌ها و کنده‌کاری‌های اساتید هند و اصفهان و تویسرکان بالا رفت و گفت: «به قربان لب تشنه‌ات، ای امام حسین.» و حرف‌هایش را شروع کرد.

داستان‌نویس شمارندهٔ نفرات را خواند؛ از دو میلیون نفر تجاوز کرده بود. سری به گوگل زد. فهرست بزرگ‌ترین اجتماعات مسالمت‌آمیز در جهان؛ همهٔ آن‌ها که بیش از دو میلیون نفر بودند، در هند و عراق اتفاق افتاده بودند. آیا اجتماعات هند و عراق را می‌توان مسامحتاً[۳۶] خارج از جهان غرب تعریف کرد و چنین انگاشت که این همایش در اولین گام گوی سبقت از جهان غرب ربوده است؟ داستان‌نویس در ادامهٔ فکرهایش به این نتیجه رسید که منصفانه آن خواهد بود که امشب بی‌بی‌سی فارسی با او تماس بگیرد و جویای کم‌وکیف این مراسم شود. از خود پرسید: آیا بهتر است به این رسانهٔ عنود غربی بی‌محلی و بی‌اعتنایی پیشه کند تا نتیجهٔ این بی‌اعتنایی، تحقیری خفت‌بار و ابدی باشد یا از سم کشندهٔ نیش این دشمن جرّار، نوشدارویی برای پیشبرد تفکر ناصرالدین‌شاهی سازد؟

روحانی بر منبر نشسته فریاد می‌زد: «ما نخواهیم گذاشت ظلمی که در

۳۶- به‌اعتقاد ایشان شاید تنها ناصرالدین‌شاه و اعتقاداتش اصیل و غیرغربی بود و باقی جهان ازجمله هند و عراق تحت سلطهٔ مغربی‌ها بودند.

عاشورا به آن شاه تشنه[۳۷] شد، تکرار شود. ما با گرز بر سر مخالفان جانشین به‌حق آن شاه، حضرت ناصرالدین‌شاه، خواهیم کوفت. این بار اگر عاشورایی شود، یزید را خواهیم کشت، شمر را خواهیم کشت، زنان و کودکانشان را به اسارت خواهیم برد، بی‌اعتبارشان خواهیم کرد. در جهان رسوایشان می‌کنیم.»

نویسندهٔ داستان، فکر کرد چطور است برای تایمز چاپ لندن مقاله‌ای به‌انگلیسی بنویسد و از سختی‌های ادارهٔ اجرایی بزرگ‌ترین حسینیهٔ جهان بنویسد. مدیریت نوینی در موارد متعدد ازجمله بازاریابی، استفادهٔ بهینه از امکانات، نگاه توسعه‌محور و مدیریت مالی با رویکرد فاینانس خودگردان غیرانتفاعی. و دانشگاه هاروارد یک سخنرانی ترتیب بدهد و دو ترم از او دعوت کند به‌عنوان استاد مدعو مدیریت کلان پروژه‌های مذهبی را تدریس کند. این برای دانشکده‌های مدیریت، الهیات و اقتصاد دانشگاه هاروارد قطعاً مناسب است.

روحانی عمامهٔ[۳۸] بزرگ خود را بر زمین کوبید و با فریادی رسا و خشن گفت:

«ما منتظریم تا محرم[۳۹] گردد
هنگامهٔ امتحان فراهم گردد
ما می‌دانیم و تیغ و حلقوم شما
یک مو ز سر ناصرالدین اگر کم گردد»

نویسنده گمان کرد که چرا تصاویر ضبط‌شده به‌لحاظ کنتراست نور

۳۷- در ادبیات مذهبی، مراد از شاه تشنه، حسین است که به‌بهانهٔ شاهنشاهی‌شدن حکومت در کشور اسلامی قیام کرد و تشنه کشته شد.

۳۸- نوعی کلاه که روحانیون با گردکردن مقداری پارچه برای خود می‌سازند و بر سر می‌نهند که عضوی از اعضای لباس رسمی ایشان به شمار می‌رود.

۳۹- یکی از مستشرقین از آقای نویسنده پرسید که کدام دسته از دو گروه در محرم وعدهٔ تیغ و حلقوم داده است؟ آقای نویسنده نگاهی به مستشرق کرده و چیزی بازگو نکرده است. با خود گفته است دیر نباشد آن روز که متسغربین ما بیایند و برای شما تاریخ شما را بازگو کنند. آقای نویسنده تصمیم گرفت در همین رمان چیزی راجع به تاریخ بنویسد و غیظش را به‌نوعی تخلیه کند.

صحنه با موضوع سخنرانی تغییر نمی‌کند و اصولاً نور مونوتُن در نمادسازی و حس‌برانگیزی مناسب نیست و در جلسهٔ آینده باید نور صحنه در تناسب با گفتار واعظ تغییر پیدا کند، اما چطور می‌تواند نورپرداز از قبل بداند که در هر لحظه سخنران چه می‌خواهد بگوید و کلیشه‌کردن سخنان واعظ نیز باعث جلوگیری از بداهه خواهد شد. باید راهکاری مناسب برای هماهنگی نور و مضمون سخنان واعظ می‌جست.

حالا نوبت مداح و روضه‌خوان بود که کارش را شروع کند و کرد. اشعار ناصرالدین‌شاه را که در ابتدای مراسم به‌صورت دکلمه‌مانند قرائت شده بود، به‌شکل آهنگین ولی غمناک می‌خواند. با همان لحن محزون خواند: «آقا ناصرالدین‌شاه چه زیبا فرمودند؛ عشق‌بازی کار هر شیاد نیست. به خودشان قسم، به تمام مقدسات قسم، اگر عنایت خود حضرت نباشد این ابیات از لبان کسی جاری نمی‌شود. واقعاً آقا ناصرالدین‌شاه موردِعنایت مخصوص الوهی هستند که صاحب منصب ظل‌اللهی شده‌اند و می‌فهمند فرق شیاد و غیرشیاد را. آن‌چنان غرق این عشق شده‌اند که بر لبان مبارکشان آمده است عشق‌بازی کار هر شیاد نیست / کس اسیر دام این صیاد نیست.»

نویسنده مبهوتِ نمای چهرهٔ ناصرالدین‌شاهی شد که بر تمام گرداگرد سالن با کمک تکنولوژی‌های پیشرفته نمودار گشته بود؛ تصویری از سیمای ناصرالدین‌شاه در حال گریه در روضه و تصویری از ناصرالدین‌شاه در حال سخنرانی ضدغربی در میدان مشق نظام و تصویری از لگدمال‌کردن پرچم ایالات متحده زیر پای ناصرالدین‌شاه و تصویری از سگرمه‌های درهم ناصرالدین‌شاه و انگشت اشاره‌ای که تحکم‌آمیز علیه غرب و فریب‌خوردگان نشان از تهدید داشت و تصویر ناصرالدین‌شاه در حال لی‌لی‌کردن به‌همراه دختر نوجوانی در روستا و عکس ناصرالدین‌شاه که خندان با چند کودک بر سرسره‌ای نشسته است.

روضه که تمام شد خالد از کنار منبر برخاست و فریاد زد: «ناصرالدین سرور است، بر غرب پیغمبر است.»

و همه شعاری را که خالد داده بود تکرار کردند.

و خالد فریاد کشید: «هر چی درخت چربه، تو کون سمت غربه»

و همه شعاری را که خالد داده بود تکرار کردند.

بر لب‌های نویسنده لبخند نقش بست. شب گذشت و سپیده زد.

فصل بیست و دوم

اگرچه مرسوم و متداول آن است که مقدمهٔ نویسنده در ابتدای هر کتابی نوشته می‌شود اما ازآنجاکه هرچه منتظر می‌شوم تا اتفاقی تازه بیفتد تا داستان را ادامه دهم، لاجرم و برحسبِ اجبار و برای خالی‌نبودن عریضه، نظرم را در باب داستان و داستان‌نویسی بازگو می‌کنم. گو اینکه این نظریه چندان هم تازگی نداشته باشد و از نظر مخاطب متداول داستان، غیرداستانی و زاید بر داستان قلمداد شود ولی من قسم یاد کرده‌ام که هرچه بنویسم داستان باشد و جزئی غیرقابل‌تفکیک، که اگر نباشد، بخشی از کمیت داستان لنگ شود و در واقع آن‌که فی‌الحال کمیت داستان را لنگ گذاشته است، فرحان است که هرچه در شبکه‌های ماهواره‌ای جست‌وجو می‌کنم تا بلکه از قابی بیاید و داستان را از بن‌بست رهایی بخشد، نمی‌آید. نظریهٔ مرگ مؤلف را رولان بارت[40] به دنیا عرضه کرد تا متن فارغ از زندگینامهٔ مؤلف و نیت‌خوانی مؤلف، تفسیر و تبیین شود؛ یک مزخرف محض. دست‌کم معناداری اشیا و الفاظ وابسته به بافت فرهنگی-زمانی-مکانی مؤلف است و متنی که تولید می‌شود

۴۰- این را دیگر مغربی‌ها می‌شناسند که فیلسوف و زبان‌شناس مهمی است. لذا کون لق شرقی‌ها.

به‌هیچ‌وجه خالی از ظرف زمـان و مـکان و فرهنگ مؤلف نمی‌توانـد باشـد. بنابراین امکان تفسیر نیـز خالی از این عناصر ممکن نیسـت. برای فهم بیشـتر مثالی می‌زنم: کتـاب مشهور دور دنیا در هشتاد روز اثر ژول ورن[۴۱]. مخمصهٔ اصلی این داسـتان، سـفری بـه دور دنیاسـت در حداکثر سـرعت ممکن و رکوردی جهانی به‌مدت هشـتاد روز. روزگاری در جهان، هشـتاد روز بـرای مسـافرت حدود چهل و یک هـزار کیلومتـر مخمصه و ناممکن‌نمـا بـوده اسـت و امـروزه این رکـورد در کمتر از دو روز به‌سـادگی قابل‌دسـتیابی اسـت. آیا در رکوردگیـری بـرای هر کاری نبایـد دورهٔ تاریخی آن عصـر را در نظر گرفت؟ آیا در هند بـا یک‌میلیارد نفر نفـوس گردآوری پنجـاه میلیـون نفر جمعیت دشـوارتر اسـت یا در ایران گـردآوری دو میلیون نفر بـرای مراسـم عزای مذهبی؟ فرحان! عشـق را با تو نیازمودم که همچنان از به‌چنگ‌آوردنـت در هیجـان باشـم و نـه آنکـه دیگر به غیبـت رَوی و من را در نگون‌بختی و شکسـت تنهـا بگـذاری. و تو می‌دانـی کـه مـن از چه نگون‌بختـم این‌چنین. بـا آنکه دو میلیون آمدند، من بایـد بمیرم. در زندگی کامیابـی نخواهـد بـود و هرچـه هسـت کـه رنگ امیـد دارد، فریب سـراب اسـت و هـر روزمان را به گـه بزنیـم کـه فردایی درخشـان را دریابیـم و فردایی گه‌تـر خواهیـم داشـت به‌امید پس‌فردا. پس چنان‌کـه واضح شـد در فهم متـن، زمـان نگارش متن اسـت کـه مفهـوم مخمصه‌هـا و رکوردهـا را معلوم می‌کند. فرهنگی که نویسـنده در آن زیسـت می‌کند نیز بسـیار در فهم متن مهـم اسـت. برای یک مسـیحی، حضـور شـخصی از اشـخاص در کلیسـا بسـیار عادی اسـت و برای یکی از لاادری‌های قبایل دور از تاریخ، کلیسـا یک دیگرجای محض به شـمار می‌رود. برای یک ایرانی روشـن اسـت که حسـینیه، یعنی مکانی مقدس در هم‌ترازی مهم‌ترین معابد اسـلامی و گاه

۴۱- ایضاً به توضیح پاورقی قبلی!

از همـهٔ معابد، مقدس‌تر، ولی برای یـک گردن‌قرمز آمریکایی که اجدادش از اسـکاتلند بـه صحـاری میانـی آمریکا مهاجـرت کرده‌اند، حسـینیه فاقد معنـای محصلی اسـت. و اصلاً هدف نویسـندهٔ اصلی داسـتان چیسـت؟ کـه خواننده متنی معلق را که به هیچ‌کس منضم نیسـت، بخواند و بفهمد؟ یـا خوانـنـده را دعوت می‌کند که «کتاب مـن» را بخواند. که با «جهان من» آشـنا شـود. که با «من» هم‌داسـتان شـود. نویسـنده بر خلاف تئوری مرگ مؤلف، نمی‌خواهد متنش تفسـیر شـود و خودش محجوب و غایب باشـد. بلکـه متن، بهانه و علتی اسـت تا لایه‌های شـخصیتی «نویسـنده» آشـکار گـردد. ولی اگر رسـانه‌ها با نویسـنده تمـاس نگیرند، چه؟ اگـر تایمز لندن در پاسـخ بـه ایمیل‌هـای متعـدد، زحمت نگارش یـک نامهٔ دوخطـی را به خـود ندهـد کـه مقالهٔ شـما واصل شـد، اگر بی‌بی‌سـی فارسـی کـه هیچ، علیرضا امیرقاسـمی از شـبکهٔ طپش[۴۲] و شـبکهٔ ماهواره‌ای ذاکـران[۴۳] هم به تخمـش نباشـد کـه دو میلیـون نفـر آمده‌انـد در بزرگ‌ترین همایـش عزای حسینی، صاحـب بزرگ‌تریـن حسـینیه بـودن و مدیـر بزرگ‌ترین حسـینیهٔ جهـان بـودن چـه خاصیـت دارد اگر جهانی مدیرش را به این اسـم و رسـم و خاصیـت نشناسـد؟ از ایـن روی، تئوری مرگ مؤلف، تئـوری منحطی از عالـم غرب اسـت کـه جهـان را بیش‌ازپیش بـه انحطاط می‌کشـاند. تغافل از مؤثر-نویسـنده و پرداختن به اثر-داسـتان به‌نوعی عملی ضداسـتعلایی بـرای کوچک‌کـردن جهان معناسـت. اسـتدلال‌های سـنتی انی-لمی خود بیانگـر تأثیـر و تأثـر علـت و معلول یا داسـتان و داسـتان‌نویس اسـت. اگر هـگل تـراژدی را نبـردِ میـان دو خیـر در انفعالـی دیالکتیکی می‌بینـد (و نه جنـگ میـان خیر و شـر)، پـس نیروهای آپولونـی و دیونیسوسـی دو نیروی متضـاد علیـه هم نیسـتند کـه قوای خیـر دیالکتیک و فرگشـت داسـتان‌اند.

۴۲- شبکهٔ سنتی فارسی‌زبان‌های غربی بی‌خبر از همهٔ دنیا که می‌خواهند مدام در بزم باشند.
۴۳- شبکهٔ ماهواره‌ای تخصصی که فقط به آموزش الحان جدید برای عزای حسینی می‌پردازد.

داستان‌نویس می‌نویسـد تـا خـود را بشناسـاند بـا متنـش، نـه اینکـه متن بی‌حضـور او خوانـده شـود. نادیده‌گرفته‌شـدن بدتریـن دردی اسـت کـه نویسنده می‌چشـد و گه به من!

فصل بیست و سوم

در واقـع چیـزی به‌نـام جنگیـدن بـرای بقـا، مفهـوم ویژه‌ای نـدارد. یـا آن‌قدر قوی هسـتی که برنده باشـی، یا بازنده‌ای. اسـتقامت و پشـتکار اصطلاحات ابلهانـه‌ای اسـت که انسـان‌های ترسـو برای پوشـیده‌ماندن جبن و ضعفشـان اختـراع کرده‌انـد. وقتـی کفاشـی یـا خرده‌فروشـی سـال‌ها بی‌هیـچ رشـد و توسـعه‌ای در دکانی کوچک به کسـب مشـغول اسـت و مفتخر باشد به اینکه می‌توانـد بـر سـر در مغـازه‌اش بنویسـد شـروع از فـلان سـال که مثلاً یعنی هفتـاد سـال اسـت در این بیغولـه کار می‌کنـد، انسـان آگاه پی می‌بـرد که او بازنـده‌ای اسـت که هفتاد سـال جرئت پایـان‌دادن به این بازی سراسـر باخت را نداشـته اسـت. قدمتـی کـه در آن اثـری از پیشـرفت نباشـد، نمـاد اصالت نیسـت، سـند تباهی و بزدلی اسـت. سـندی به‌مراتـب بدتر از ورشکسـتگی زیـرا در ورشکسـتگی دسـتِ‌کم اثـری از جسـارت و ریسـک هسـت. بدیـن ترتیب بازنده برنده نخواهد شـد و برنده بازنده نمی‌شـود. و لا تجد لسـنه الله تبدیـلا و لا تحویلا.

اما برخی از بقای خود شادان‌اند و حال آنکه بقایی که از ترس و گوشه‌نشینی و فرار حاصل شـود، چیزی جز همان ممات نیسـت؛ بقای حاصل از همرنگی با

جماعت و استتار در خلق. انسان برای کمال آفریده شده است، نه میان‌مایگی و میان‌مایگی آن‌چنان‌که نیچه فرمود از پست‌فطرتی هم سخیف‌تر است. کوه در قله معنا دارد و کوهپایه و دامنه جز آنکه قله را حمل کنند، چه افتخاری دارند؟ افتخار کوهنورد رسیدن به قله است و دامنه و کوهپایه کاری جز اینکه بخشی از مسیری باشند برای قله، خاصیتی ندارند. چیزی شبیه به «ن» وقایه[۴۴] در زبان عربی که معنایی ندارد جز آنکه دو کلمهٔ واجد معنا را به هم متصل و قابل‌تلفظ سازد.

حال باید دید مفهوم بقا چیست. آیا حیواناتی که هنوز در این کرهٔ خاکی زادوَلد دارند، پیروز از جنگ بقا خارج شده‌اند؟ آیا موری که امروزه می‌زید یا شیر (چه فرق می‌کند مور یا شیر؟) و چیزی جز مشابه نسل‌های پیشش نیست، پیروز بقاست؟ آیا کسی به یاد دارد که صد سال قبل چه کسی سلطان صحاری آفریقا بوده؟ کدام شیر؟ هرگز! بارها شعر محمود درویش[۴۵] را باید خواند تا مفهوم راز بقا را فهمید؛ فراموش می‌شوی، آن‌سان که انگار هرگز نبوده‌ای.

باری! به‌راستی کسی پیروز این رزم است که بر فراموشی و نسیان پیروز شود نه بر حیوانات دیگر. مرگ دو بار گریبان می‌گیرد: یک بار با مردن و یک بار با فراموش‌شدن. تا فراموش نشده باشی، زنده‌ای. و حتی اگر مرگی که مَلِکش عزرائیل باشد به‌سراغت نیامده باشد، اگر فراموش و انکار شده باشی، کارت تمام شده. و زندگی بعد از آن چیست جز در تباهی و سیاهی مطلق روز و شب به‌هم‌رساندن و منتظرالموت بودن؟ اگر فراموش شدی و شجاعی، خود را بکش!

(نویسنده به اینجای کار که رسید، دست از نوشتن کشید. روی میزش

۴۴- نویسندهٔ ما فراموش کرد وقایه را در پاورقی توضیح دهد. با اینکه می‌دانست مخاطب غربی احتمالاً چیزی از «ن» وقایه نمی‌داند.

۴۵- محمود درویش، شاعری که با وجود عرب‌بودن، غربی‌ها می‌شناسندش.

را نـگاه کـرد و هرچـه را روی میـز گذاشـته بود با دقتـی وسـواس‌گونه برانداز کرد: یک بسـته قرص شـدیداً خـواب‌آور صدتایی، دو عدد قـرص برنج، یک طنـاب کنفـی ضخیـم و یـک کاتر بسـیار تیـز و برنده. هیـچ تلفن یا تماسـی از بی‌بی‌سـی فارسـی بـه او نشـده بـود. هر سـاعت کـه نه، هـر دقیقه یـا ثانیه ایمیلـش را چـک می‌کرد که آیا از تایمز لندن پاسـخی مبنی بر رسـیدن مقالهٔ او می‌رسـد یـا خیر؟ و هـر بار که جعبهٔ ایمیلش را کنترل می‌کرد، جعبهٔ اسـپم و آشـغالدانی را هـم می‌پاییـد و دریـغ از جوابـی. البته نویسـنده، به‌جز تایمز لنـدن به نیویورک تایمز، واشـنگتن پسـت و حتی روزنامه‌های محلی اسـپانیا هـم مقالـهٔ خود را فرسـتاده بـود، بـه روزنامه‌های دولتـی چین و روسـیه هم، ولی هیچ‌کس به نویسـنده پاسـخی نداده بود و نویسـنده می‌اندیشـید که اگر بـه هیچ‌کدام نامه نمـی‌زد، چه می‌شـد؟[۴۶] البته بی‌انصافی اسـت اگر نگوییم مجلـهٔ خیمـه و خبرگـزاری فـارس از او دعوت بـه مصاحبه به عمـل آوردند و نویسـنده از اجابـت آن امتنـاع کرد. نویسـنده از تجربهٔ مـن درس آموخته بود کـه اگـر با ایـن قبیل رسـانه‌ها همـکاری کند، الی‌الابـد از جانب رسـانه‌های غربـی بایکوت خواهد شـد. حالا مـردد بود بین این ابزاری کـه تهیه کرده بود از کدام اسـتفاده کند؟)

پـدرم بی‌آنکـه بـاز در بزنـد، در را بـاز می‌کنـد. سـرم را برمی‌گردانـم و نگاهـش می‌کنـم. قایـم بـه صورتـم سـیلی می‌زنـد و می‌گویـد: «پـا شـو! پا شـو ببرمـت حمام!» دسـتم را به‌سـمت کاتر می‌بـرم. به سـمتم حمله می‌کند و کاتـر را بـا ضربـه‌ای کـه بـه مچم می‌زنـد از دسـتم به زمیـن می‌انـدازد. از صندلی روی زمین پخش می‌شـوم. دو پایی روی سـینه‌ام می‌نشیند و آرنجش را زیـر گردنـم می‌گذارد.

۴۶- مـن حـال نویسـنده را متوجـه می‌شـوم. روزگاری کـه در آمریـکا بـودم، بـرای بیـش از صـد کمپانـی فیلمسـازی در آمریـکا ایمیل زدم و آن‌ها را تشـویق کـردم خلاصهٔ چندخطـی فیلمنامه‌ام را بخواننـد. و دریغ از نیم‌خط پاسـخ!

می‌گوید: «داری چه گهی می‌خوری، احمق؟»

می‌گویم: «تو قدیسی! تو حتماً یک قدیسی!»

زیر لب می‌گوید: «من که تو را به زیارتش برده بودم آن‌وقت که بود.» و چشمش را با فشار می‌بندد. سیب گلویش بالا و پایین می‌رود و نفسش عمیق می‌شود. دستم را به‌سمت کاتر می‌برم. مثل توله‌میمونی در چنگال عقاب بلندم می‌کند و دمر به زمینم می‌کوبد.

می‌گوید: «بگو چه گهی داری می‌خوری؟»

دست‌هایم را به پشت می‌کشد جوری که هر حرکتی از من سلب می‌شود.

می‌گوید: «تو اگر پسر منی و در خانهٔ من زندگی می‌کنی، توی دستگاه ناصرالدین‌شاه کون‌نشسته چه گهی می‌خوری؟»

قابل‌تحمل نیست. واقعاً قابل‌تحمل نیست. مادرم ویار خاک دارد و هر روز قاشق‌قاشق از خاکی که از کربلا برایش آورده‌اند، می‌خورد. باید اول خود را از شر جنینی که در شکم مادر است خلاص کنم وگرنه باز مرا می‌زاید و همین آش و همین کاسه. پدرم دست‌هایم را آزاد می‌کند و با دست‌هایش شانه‌هایم را می‌مالد و لبش را کنار گوشم می‌آورد و می‌گوید: «باید تو را به حمام ببرم.»

رهایم می‌کند و روی میزم می‌نشیند. مثل شیری که آهو را رها کرده باشد تا اگر حرکتی کرد، باز به زیر چنگال بکشدش. با کاتر توی دستم بیرون می‌روم. مادرم توی آشپزخانه خاک می‌لمباند. فریاد می‌زنم: «می‌کشمت.» کاتر را روی شیشهٔ آینهٔ اتاقم می‌کشم. الماس‌وار شیشه را می‌بُرد. می‌گوید: «من مادرتم. من را می‌خواهی بکشی؟» فریاد می‌زنم: «چون تو مرا مدام می‌زایی. نمی‌گذاری بمیرم.» می‌گوید: «من مادرتم، به‌خدا!» می‌گویم: «زنی و مدام می‌زایی.» می‌رسم بر آستان اتاق‌خوابش. در را قفل می‌کند و پشت در قایم می‌شود. پدرم گوشهٔ اتاق ایستاده و

می‌لـرزد. لگـدی بـه در می‌زنم. در می‌شـکند و مادرم آهی می‌کشـد. قاشـق از دسـتش به زمیـن می‌افتد و خاک می‌ریـزد روی زمین. کاتر‌به‌دسـت بالای سـرش می‌نشـینم. روی زمیـن می‌خواهد سـینه‌خیز بگریزد از من. دسـت بر یقـهٔ پیراهنش می‌گیـرم و پرتش می‌کنم. پدرم چمباتمه روی زمین می‌نشـیند. بـه پـدرم زل می‌زنم. سـاکت اسـت و چانه‌اش می‌لـرزد. می‌ایسـتم و لگدی بـه شـکم مـادرم می‌زنـم. هیـچ نمی‌گویـد. چهـره‌اش مثـل آدمـی می‌شـود کـه بی‌هیـچ حسـی بـه نقطـه‌ای نامعلـوم زل زده باشـد. درد انگار به‌نـاگاه از وی زدوده شـده باشـد. لگـدی دیگـر بـه شـکمش می‌زنـم. منتظرم تـا جنین مـن از زهدانـش بیـرون بزنـد یا خونـی بپاشـد. خبری نیسـت. کاتـر را روی شـکمش می‌گذارم. دسـتی برای دفاع نمی‌آورد. دسـت دیگـرم را روی جنین خـودم می‌گـذارم. گوشـم را آرام بـه شـکم مادر می‌چسـبانم. صـدای قلبم را می‌شـنوم. کاتـر را بالا می‌برم تا شـکم مـادر را و خودم را در شـکمش بدرم و خـلاص. کاتـر را آرام زیـر جناغ قفسـهٔ صدری می‌گـذارم و به پایین با فشـار می‌کشـم. نمی‌بُرد. این بار از پهلوی راسـتش کاتر را فشـار می‌دهم و به چپ می‌کشـم. حتی خراشـی نمی‌اندازد. دسـتم را تا می‌توانم بالا می‌برم و کاتر را به‌سـمت شـکمش پایین می‌آورم. نقطه‌ای از پوسـتش هم مجروح نمی‌شود. می‌ایسـتم برابر آینهٔ اتاق‌خوابش. روی شیشـهٔ آینه می‌کشـم. به‌سـادگی شیشه را می‌بـرد. و بـاز شیشـهٔ آینـه را می‌بـرم. و بـاز شیشـهٔ آینـه را می‌برم. عکسـم تـوی آینـه تکثیر می‌شـود و در هـر تکه‌آینـه‌ای تصویر جنینی اسـت که گریان نیسـت و زل زده بـه روبـه‌رو. می‌خواهـم فریاد بکشـم. صدایم خفه اسـت و بی‌صدا شـده‌ام. صدای قلب جنینی مانند توفانی مهیب در گوشـم می‌پیچد. مـادرم می‌نشـیند و نگاهی به خاک‌های ریخته‌شـده در کف اتـاق می‌اندازد. خـود را کشان‌کشـان بـه کنـار خاک‌هـا می‌رسـاند. پـدرم را صـدا می‌زنـد و آبگینـه‌اش را می‌طلبـد. آبگینه که می‌رسـد، کنـار خاک‌ها می‌نشیند دانه‌دانه

برشان مـی‌دارد، نگاهشـان می‌کند، اشـکی کـه از چشـمش می‌آیـد بـه آبگینه می‌ریـزد و کمـی خـاک را بـه دهان می‌گذارد. دسـتی از پشـت روی شـانه‌ام می‌نشـیند. پـدرم اسـت. صدایـش از لابـه‌لای صـدای توفانی قلـب جنین به گوشـم می‌رسد.

می‌گویـد: «مگـر تـو قرار نبـود من را بکشـی، قـول داده بـودی من را بکشـی کـه.»

دسـتم را حتـی نمی‌توانـم تکان بدهـم. زور بازویـش بعد از هر بـار مردن بیشـتر می‌شـود. صدایـش گرفته اسـت. بغض تـوی گلـو دارد.

می‌گوید: «از جان خودت چه می‌خواهی؟»

می‌گویم: «بمیرم.»

می‌گویـد: «پس قولی که به من داده بودی، چه می‌شود؟»

می‌گویـد: «تا من را نکشته‌ای، طرف مادرت نرو. قول؟»

فصل بیست و چهارم

مادرم نمی‌گذارد من بمیرم چرا که مرا مدام می‌زاید و این خلود، عاقبت عذاب است. در جهان من شکرها زود در دهان آب می‌شوند و آنچه باقی می‌ماند تلخی دهان است و حسرت شیرینی در جان. فرحان تنهایم گذاشته و آخرین سوی امیدم از کورسو هم کم‌سوتر شده. در این خانه که با خراش‌های تیغ من، آینه‌اش شده مثل لحاف چهل‌تکه، که هر تکه‌اش برایم طعنه و لعن و نفرینی باشد و مضحکه‌ای، چه جای ماندن؟ به حسینیهٔ ناصرالدین‌شاهی می‌روم تا بلکه لااقل ساعتی آسوده از پدری نامیرا و مادری زاینده، چرتی بزنم. آه که چقدر خواب را دوست دارم و به آن مشتاقم. خوابی عمیق که در آن هیچ رؤیا و کابوسی نباشد؛ فراموشی و عدمی محض. خوابی چنین بهترین افیون است. نه اغواشدهٔ شادی پوچی هستم و نه دانای غمی عمیق. نه مَردم، نه زنم، نه مخنث. انگار که اصلاً نیستم. نیستی، پردیس من است و نیستی کامل، رضوان من است. جهنم هوشیاری محض است به آنچه که هست و آنچه که می‌تواند باشد. جهنم همان حسرت است و ناکامی. و هرچه هوشیارتر به این ناکامی، جهنم داغ‌تر می‌شود و افیونی چون خواب و غفلت و فراموشی، راه رستگاری است. در حسینیهٔ ناصرالدین‌شاه

حتماً راهی به فراموش‌خانه‌ای باید باشد تا دردها را سامان و تسکین دهد. و خیابان‌ها چقدر مزدحم‌اند. ساعت‌هاست در خودروی خود نشسته‌ام و قدم از قدم برنداشته‌ام. کاش فرحان بود با خودروی اسرارآمیزش. کاش! شهر دارالمجانین است انگار. مردم سکوت کرده‌اند یا من صدایشان را نمی‌شنوم؟ توده‌ای انسانی ایستاده است بی‌هیچ صدایی. از جان چه کسی چه چیزی می‌خواهند؟ نکند لشگری از مزدوران غرب‌اند که می‌خواهند آن جماعت عظیمی را که در حسینیه ناصرالدین‌شاهی جمع شده بودند، تحت‌الشعاع قرار دهند و عزای حسینیهٔ ناصری را کوچک بشمارند و شعائر الهی را که در حسینیهٔ ظل‌اللهی ناصرالدین‌شاهی تعظیم شده بود، به حاشیه برانند و مقاصدی غرب‌پسند را احیا کنند و این‌طور ترافیک درست کرده‌اند و ماشین‌ها را از حرکت نگه داشته‌اند و کاسبی‌ها و تجارت‌ها را مختل کرده‌اند و چه اوضاع نابسامانی. این جماعت ساکت چقدر ضدِزندگی‌اند و قدر ناصرالدین‌شاه ظل‌الله را درنمی‌یابند که چطور دارد گوی سبقت از غرب می‌رباید و فرمان جهان را به دست ما می‌دهد و ما را جهان‌دار می‌خواهد که قدر زر زرگر شناسد و قدر گوهر گوهری[۴۷]. بردگان در تاریخ بردگی خود غرق شده‌اند و ابرمردی چون ناصرالدین را نمی‌توانند دریابند زیرا ناصرالدین‌شاه از افق اعلی می‌نگرد و هر پایش بر قله‌ای است و فاصلهٔ میان دو قدمش از قله‌ای به قله‌ای است و حالا پیچ تاریخ است باز، و مردمان برده‌ای که به حاشیه‌نشینی تاریخ عادت دارند، مافنگی‌های مف‌به‌دماغی‌اند که کُشتی الههٔ خرد ظل‌اللهی با زئوس غربی را تاب ندارند.

۴۷- از تمام خوانندگان غربی عذرخواهی می‌کنم که در این فصل به‌زبان پیچیدهٔ فارسی سخن گفتم و مترجم را و ایشان را به سختی و تعب انداختم.

فصل بیست و پنجم

در عهـد ناصرالدین‌شـاه اتفـاق عجیبـی افتاده بود کـه این‌چنیـن باعث تحیر و تعجـب آقـای نویسـنده گشـته و او را در مسـیر منزل و حسـینیه حیـران و سـرگردان سـاخته بـود. امـا بـرای فهـم ایـن وضعیـت، بایـد دورهٔ زعامـت مظفرالدین‌شـاه[48] یـادآوری شـود. به‌هرحـال دیگـر از سـورچی‌هایی نظیـر باقرخـان و قلیان‌به‌دسـت‌هایی ماننـد سـتارخان[49] کـه با اسـب و تفنـگ برنو

۴۸- در عهـد مظفرالدین‌شـاه سـال‌های سـال بعـد از آنکـه شـاهرگ امیرکبیـر را در حمـام با کاتـر بریدند، عـدهٔ قابل‌توجهـی در سـفارتخانه‌های کشـورهای غربـی نظیـر بریطانیـای کبیـر متحصن شـدند و تقاضای عدالت‌خانـه کردند. نهادی مسـتقل از شاهنشـاهِ ظل‌الله تـا اگر در دعـوای مابین رعایا و دولـت احیاناً حق بـه جانب رعیت بـود، رعایت عدالـت کند. بعـد کم‌کم به شاهنشـاه ظل‌اللـه گفتند کـه می‌خواهند به‌جای اوامـر ملوکانهٔ ظل‌اللهی، احـکام را منتخبین رعایا صادر نمایند. مظفرالدین‌شـاهِ سـالخوردهٔ علیل و مریض هـم قـدرت ظل‌اللهـی خود را بـه عـوام تفویض کـرد و لیس علـی المریض حـرج. امـا ناصرالدین‌شـاه که جـوان و باهـوش بود می‌دانسـت حکـم، حکـم خداسـت و تنها ظل‌الله اسـت کـه می‌تواند حاکم باشـد. او بـه بصیرت می‌دانسـت رعایـای برده‌صفـت اگر قیمـی قـوی و صحیح‌العقل نداشـته باشـند، اسـیر چنگال گرگ غرب خواهند شـد. او می‌دانسـت که سـروری و مهتـری در جهان در ذات بردگان نیسـت که آرایشـان منجـر بـه فرمانفرواییـ بر جهان شـود. بـاری! او به‌راسـتی ظل‌الله بـود و می‌دانسـت ردای کبریایـی الوهی بر قامت عبد گشـاد اسـت. ناصرالدین‌شـاه می‌دانسـت کـه اگـر در پوسـتین آرای عمومی خـود را بر جهان مسلط سـاخته اسـت، برای او و رعایایش، این پوسـتین چیزی جز گدایی ندارد. او می‌دانست که حکمرانی خـوب بـرای او و در جامعه و فرهنگی که او زیسـت می‌کنـد، در غیریت اسـت با این اسـتعمار نوینی که با صـادرات کالایی چـون حکومـت آرای عمومی از غرب بـه ذهن‌های خام‌اندیش به دسـت آیـد. ناصرالدین می‌دانسـت حکم مخصوص خداسـت و ایـن کالای غربی ردای سـلطانی بر تن میش می‌کنـد تا قربانی‌اش کند. - نویسـندهٔ فصل قبل هسـتم.

۴۹- چون از این عدد خوشم نمی‌آید، پاورقی نمی‌زنم.

به طهران حمله کردند، خبری نبود، بلکه عدهٔ قابل‌توجهی از مردم، می‌خواستند مطابق نظر خودشان زندگی کنند. آن‌ها به خیابان می‌آمدند. عده‌ای معتقد بودند آن‌ها در خیابان سکوت می‌کنند و برخلاف آن، عده‌ای می‌گفتند که دیگران صدای ایشان را نمی‌شنوند. مهم‌ترین راهی که آن‌ها برای مبارزه با ناصرالدین‌شاه پیدا کرده بودند، فراخوان‌هایی بود که می‌دادند. آن‌ها هر روز و بلاانقطاع فراخوان می‌دادند که هم‌فکرانشان به زندگی عادی خود بپردازند و همان‌طوری که خودشان دلشان می‌خواهد زندگی کنند؛ کار کنند، کسب کنند، معاشرت کنند، تفریح کنند و از همین قبیل. ناصرالدین‌شاه گمان می‌کرد که دچار بلیهٔ رعیت ناشکر شده است. مگر یک پادشاه برخوردارترین مردمان نیست؟ مگر مظفرالدین‌شاه از وسایل راحتی دنیا، چه داشت؟ آیا بهره‌ای از برق و آب لوله‌کشی بهداشتی و هواپیمای مسافری و کولر برای سرمایش و بخاری برای گرمایش داشت؟ چه خودرویی داشت که به آن می‌نازید؟ آیا خودروی مظفرالدین‌شاه هیچ‌یک از امکاناتی را که این خودروهای مسافرکشی مردم فرودست دارند، داشت؟ آیا این تنعمی که امروز ایشان دارند، ملکهٔ بریطانیای کبیر داشت؟ کولر و بخاری؟ خودرو؟ مردم فرودست امروزی از امکانات بسیار متنعم‌ترند نسبت به شاهان گذشته. ولی توطئهٔ غرب باعث شده اینان طمع به تنعم و تجملی بیش‌ازپیش داشته باشند و ناشکری خدا و به‌تبع آن نارضایتی از سایهٔ خدا داشته باشند.

شاید شما خوانندهٔ عزیز دوست داشته باشید که من داستان ناصرالدین‌شاه و مردم با تعداد قابل‌توجه را برایتان تعریف کنم. به‌روی چشم! حتماً این کار را می‌کنم.

فصل بیست و ششم

به حسینیهٔ ناصرالدین‌شاهی می‌رسم. علت ترافیک که دو فصل طول کشید تا به اینجا برسم، برایم روشن شد. منبر یکپارچهٔ سنگی ساخت ایتالیا را که سی متر ارتفاع دارد و چهار متر عرض، به‌صورت بار ترافیکی در شهر به‌سمت حسینیه انتقال داده بودند و همین باعث ترافیک شده بود. مخصوصاً که مردم مشتاق و علاقه‌مندی سامان‌دهی شده بودند تا در مسیر این منبر را زیارت کنند و حاجات خود را از این منبر که به حسینیهٔ ناصرالدین‌شاهی مشرّف خواهد شد، بخواهند. گویا همین ازدحام مردم در کنار حمل بار ترافیکی عملاً منجر به این ترافیک عظیم شده بود.

حوصله ندارم و می‌خواهم گوشه‌ای از این حسینیهٔ بزرگ بخوابم. حس می‌کنم بد نباشد که قبل از خواب و برای اولین‌بار عشق را با شیدا و رعنا تجربه کنم.

سوار آسانسور می‌شوم. تازه ملتفت علت عظمت ابعاد آسانسور می‌شوم. منبر سنگی را با چه می‌خواستند منتقل کنند اگر این آسانسور نبود؟ با چشم‌هم‌زدنی به اعماق زمین می‌روم؛ به زیرزمین بزرگی که حسینیهٔ ناصرالدین‌شاه است. چقدر شلوغ! مگر قرار نبود فقط خالد باشد و رعنا و

شیدا؟ گویا لحظه‌ای فرحان را می‌بینم. به دنبالش می‌روم. خالد است.

می‌گویم: «این‌همه آدم؟»

می‌گوید: «مگر این‌همه آدم نمی‌خواستی، داداش؟»

مبهوتم.

می‌گوید: «یک سال مال ماست اینجا دیگر! حداقل یک سال!»

چقدر همهمه اینجاست. صداهای زیاد و تودرتو. این‌همه صدا و هیچ نمی‌شنوم.

می‌گویم: «می‌شود با هم یک دور بزنیم حسینیه را؟»

می‌گوید: «ای شیطان! می‌خواهی از فوت‌وفن کار سر در بیاوری؟ ما بیشتر از بیست سال مهمان اینجاییم. مطمئن باش.»

چشمکی می‌زند و دستم را می‌گیرد. در پس او که راه می‌افتم، لحظه‌ای حس می‌کنم انگار خالد فرحان باشد. اما خالد، خالد است. شاید این‌قدر خلأ فرحان در زندگی من زیاد شده است که خالد را فرحان می‌بینم. ابتدا از میان محوطه‌ای پر از گیاه می‌گذرم. زیر نورهای آبی و بنفش.

می‌گوید: «این نورپردازی و این تهویهٔ عالی هوا برای رشد و تولید گیاهان خیلی خوب است، داداش.»

کمی جلوتر می‌رویم. دورتادور استیج پر است از عکاس‌ها و فیلمبردارها و روی سکو دخترانی با ره‌پیمایی گربه‌سان[۵۰] و علت حضورشان نمایشِ لباس‌هایی است که پوشیده‌اند. و چند گام آن‌سوتر، مرد آشپزی سیب‌زمینی‌ای را در برابر دوربینی پوست می‌کند و از مزایای چاقوی طرح WFM ساخت چین برای پخت قیمهٔ سیب‌زمینی-بادمجان می‌گوید و زیبایی آشپزخانهٔ اشرافی‌طور که

۵۰- فارسی، زبانی بی‌مایه است که مصرف‌کنندهٔ لغات فرنگی است. ره‌پیمایی گربه‌سان همان catwalk است. فرهنگ و تکنولوژی در غرب تولید می‌شود و طبعاً زبان و فکر هم در غرب تولید می‌شود. بر خود وظیفه می‌دانم از مترجم این کتاب و خوانندگان غربی این کتاب علاوه بر سپاس بی‌حد و شائبه، عذرخواه باشم چرا که در نگارش این داستان بعضاً از واژه‌هایی استفاده شده که در فرهنگ لغات معادل مناسب ندارد و فهم و ترجمهٔ کتاب را با دشواری مواجه می‌سازد.

چقدر مساعد است. و زنی که جز یک جلوپوش آشپزی چیزی به تن ندارد و تمامی برآمدگی‌هایش که بی‌هیچ پوششی جز آن روپوش کاملاً هویداست و ماکارونی‌پختن با سویا را آموزش می‌دهد و از فواید سویا در جایگزین‌شدنِ گوشت مبسوطاً توضیح می‌دهد. گوشتِ کنار پهلویش چندلایه روی هم افتاده. انگار از گردی سینه‌اش چند گردی در پهلویش کپی‌پیست شده است. و چه بسیار صف دابسمش گرم است. یک ترانه و چندین و چند اجرا، و چه ترانه‌ای! مگر می‌شود به سیِ خود بود؟ «جای واکسن، روی باسن، دکمه‌هاتم که دم‌به‌دقه بازن؛ سلام ساسی خوبی من فرنوشم! فَقَل؛ نمی‌دونی موشول اینا کوشن؟ وای سیاه میاه نبودی سیاه میاه شدی، نکنه رفتی سمت عربستان سعودی.»[۵۱] و هر اجرا به فراخور حال. یکی دختری حدوداً شانزده‌ساله با پیراهنی دکمه‌دار که در تطابق منطقی واقع‌نمایانه با شعر، دکمه‌هایش باز است و تن آشکار و با مهارت غریبی سرخی گل سینه‌ها از تن عیان نمی‌شود و متناسب با وضع و ضرب‌آهنگ، تن خود را تکان می‌دهد و لب‌ها همخوان با ترانه است که انگار لفظ‌ها از دهان رقصنده خارج می‌شود و دیگری زنی میان‌سال و لاغراندام که به‌جای مشابهت رفتار و پوشش با متن موسیقی، رقصی انتخاب کرده است و استراتژی دیگری برای دابسمش خود برگزیده. مردی نیز سبیل‌ازبناگوش‌دررفته، صورت خود را دخترانه آراسته و لباس جاهلی باباکرم[۵۲] به تن دارد و گویا پارودی زنانه-مردانه‌ای را اجرا می‌کند. دابسمش نیز دنیای خود را دارد. تفسیری نوین از متن دادن، تنها با تغییر چهرهٔ گوینده و نوع رقصش و تنش، معنای تازه‌ای به کلمات می‌دهد. آه! شاید معانی‌ای که دریدا و فوکو و... در کتاب‌های تفسیر متنشان داده بودند و چه سخت می‌شد فهمید آن‌ها را و حالا دارم با گوشت و پوستم می‌فهمم. آری!

۵۱- در این ابیات، ساسی نام آقای خواننده است و فَقَل نوعی مخاطبهٔ دوستانهٔ عامیانه و زبان مخفی است، موشول هم هکذا، و قس علیهذا.

۵۲- ما رقص هیپ‌هاپ و بریک و تانگو و... را می‌شناسیم.

باید عشق را تجربه کرد. این معنای عمیقی است که از تولیدمحتوای جدید درمی‌یابم. اما آیا این همان چیزی است که ناصرالدین‌شاه می‌خواهد؟ آیا در این راه، غرب تضعیف می‌شود یا تقویت؟

فرحان پشتش به من است. رو به‌سوی من می‌کند. خالد است. عجب!

خالد می‌گوید: «تو، داداش خیلی اُلد فشنی![۵۳] هنوز گیرِ بی‌بی‌سی فارسی و انگلیسی هستی؟ دنیا حالا توی همین اینستاگرام است. دنیا حالا همین است. توی موبایلت. کی دیگر کیرش را می‌دهد دست بی‌بی‌سی و سی‌ان‌ان که تو برایشان غش‌وضعف می‌کنی، داداش؟»

نگاهش می‌کنم: «تو از کجا می‌دانی؟»

پشتش را به من می‌کند. فرحان است؟ جوابم را می‌دهد. نه! فرحان نیست. صدا، صدای خالد است. چه گفت؟ باز بپرسم؟ نجوایی که مخلوط صدای فرحان و خالد است، در سرم می‌پیچد: «بهره‌وری یعنی از وجب‌به‌وجب این خاک حاصلخیز ثروت و قدرت تأمین کنی.»

خالد می‌گوید: «همه‌اش همانی است که داداش‌ناصر می‌خواهد. این‌ها را که عاشق غرب‌اند، می‌اندازیم توی منجلاب فساد و فحشا و مواد. فکر می‌کنند با سکس و مواد همیشه جوان می‌مانند. اما می‌کُشدشان. همه‌اش همانی است که ناصرخان می‌خواهد.»

داداش‌ناصر؟ همان ناصرالدین‌شاه؟ من را به سالن سینما می‌بَرَد. جماعتی نشسته‌اند و همه سیاه‌پوش. و میزی گذاشته‌اند زیر پردهٔ نقره‌ای سینما و سیاه‌پوشی پشت آن نشسته و تصویرش بزرگ روی پردهٔ سینما. سیاه‌پوشِ پشت‌میزنشین از پالتوی بلندش دستمالی بیرون می‌کشد و روی صورتش می‌گیرد و گریه می‌کند و تصویرش هم‌زمان بر پردهٔ سینما و جماعت سیاه‌پوش در پی‌اش. سیاه‌پوش برمی‌خیزد و به هوا می‌پرد و دودستی به سرش می‌زند.

۵۳- Old fashion - نویسنده

تصویرش بر پردهٔ سینما همین می‌کند و تمام نشستگان بر صندلی‌ها که ده‌ها هزار نفرند برمی‌خیزند و به هوا می‌پرند و دودستی به سرشان می‌زنند.

خالد می‌گوید: «این آقا که معرف حضور هستند؟»

می‌فهمد که نمی‌شناسمش. مرد پالتوپوش با ناخن بر صورت خود می‌کشد و خون می‌اندازد. دیده بودم گاهی پدرم در روضهٔ روز عاشورا نفهمیده و ناخودآگاه به صورتش خنج کشیده. همهٔ سیاه‌پوشان حاضر در سالن به صورتشان خنج می‌کشند.

مرد پالتوپوش لبخندبه‌لب در میکروفونی که بر یقه‌اش دارد، می‌گوید: «آقا! آموزش خیلی خوبی بود. تا جلسهٔ بعد همین حرکت‌ها را تمرین کنید.»

به خالد می‌گویم: «اسمش نوک زبانم است. چی بود؟»

یکی از سیاه‌پوش‌ها دست بالا می‌کند و پالتوپوش اجازهٔ سؤال می‌دهد. سیاه‌پوش می‌گوید: «چطور بتوانیم فوراً اشک بریزیم؟»

پالتوپوش لبش به خنده باز می‌شود. می‌گوید: «سؤال خیلی خوبی بود. تمرین و تمرکز، برادر. تمرین و تمرکز!»

خالد می‌گوید: «حاج[۵۴] کربلایی[۵۵] مشهدی[۵۶] باقر معین البکا.»

صدای خالد است یا صدای فرحان؟ غیبت و انتظار فرحان چه به روز مشاعرم آورده است؟ از میان سالنی می‌گذریم. زنان زیادی نشسته‌اند و زنی بر صندلی چوبی قدیمی نشسته است و برایشان سخن از زنی ایده‌آل می‌کند و نصیحتشان. گمانم این حرف‌ها را بارها، و به‌مناسبت‌هایی شنیده‌ام؛ لزوم حفظ پوشش تمام بدن زنان به‌استثنای صورت و کف و پشت دست تا مچ و البته خالی از هرگونه زیور و زینت، الزام خانه‌نشینی زنان و تربیت فرزندان برومند، توجه زنان به شوهر جهت آرامش روحی و روانی نامبرده و اعتلای

۵۴- به مؤمنی که به زیارت حج مشرف شده باشد گویند.
۵۵- به مؤمنی که به زیارت عتبات عالیات و مزار حسین مشرف شده باشد گویند.
۵۶- به مؤمنی که به زیارت امام رضا در مشهد مشرف شده باشد گویند.

لذت وی از زندگی، چگونه شوهر خود را به‌لحاظ جنسی تأمین نماییم، اجابت چندهمسری برای شوهر موجب ارتقا و تعالی شخصیت زنان در اجتماع خواهد بود و مطالبی مانند آن.

دست خالد را می‌گیرم و می‌فهمد باید بایستد. (چه دست نرمی! فرحان! بی‌تو چطور زنده باشم؟) در همان سالن و در گوشه‌ای خلوت‌تر.

آهسته می‌گویم: «می‌خواهم عشق را تجربه کنم.»

خالد نگاهم می‌کند. انگار نفهمیده باشد.

می‌گویم: «در حسینیهٔ ناصرالدین‌شاهی می‌خواهم عشق را تجربه کنم.»

دستم را می‌گیرد.

در آستانهٔ در ورودی سالن دیگری می‌ایستیم: استودیوی فیلمسازی حسینیهٔ ناصرالدین‌شاه.

می‌گوید: «من که مشکلی ندارم. بیا و از بازیگران فیلم «چه کسی کالیگولا را کشت؟» هر کسی را دوست داری انتخاب کن.» و در هدست چسبیده به گوشش آرام چیزی می‌گوید. کسی در را باز می‌کند که گویا دستیار دوم کارگردان باشد. تا وارد می‌شوم، به اتاقک گریم می‌رسم. زنی در برابر آینه‌ای که دورتادورش لامپ است، نشسته. سرخی سینه‌هایش به قهوه‌ای می‌زند و همان‌طور که موبایلش را زیر آینه گذاشته است و آلتش را می‌مالد، با چشم نیم‌باز به دوربین گوشی‌اش نگاه می‌کند و می‌گوید: «منتظر تماس‌ـــــــ... » که دستیار دوم می‌آید و می‌گوید: «پا شو باید بری سر صحنه.» و زن ناگهان می‌ایستد و دست بین فاق پاهای دستیار دوم می‌کند و فریاد می‌زند: «ریدی تو مارکتینگ ما.» و قهقهه می‌زند و موبایلش را خاموش می‌کند و از لبان دستیار دوم بوسه‌ای می‌گیرد و می‌رود؛ من هم به‌دنبال زن بازیگر. لمبرهای فرحان چاق بودند و گرد و برآمده یا تخت و کم‌گوشت؟ کالیگولا مردی است بلندقامت با تن برنزه‌شده و شکمی با شش

تکه عضله که زنی روی آلتش بالا و پایین می‌رود و زن دیگر سینه‌هایش را به چشم‌های کالیگولا می‌زند و دیگری شست پای چپ کالیگولا را در سوراخ باسن خود می‌تپاند و سینه‌های خود را می‌چلاند و چهار پنج زن دیگر دورادورش و هر یک مشغول کاری که کارگردان کات می‌دهد.

خالد می‌گوید: «کدام را دوست داری برای تجربهٔ عاشقانه؟»

نور؟

رفت.

صدا؟

رفت.

دوربین؟

رفت.

همه ساکت.

حرکت...

و حالا زن دیگری تمام آلت کالیگولا را در دهان خود جای داده است و کالیگولا سبیل بلند چرب‌شده‌ای دارد که به‌قاعدهٔ دو بند انگشت از صورتش بیرون‌تر است.

کات.

به خالد می‌گویم: «انتخاب با من است؟»

خالد می‌خندد و می‌گوید: «ما مستأجر شماییم. حق همیشه با ناصرخان است. شما هم گماشتهٔ ناصرخان.»

کارگردان می‌گوید: «این سکانس سکوت لازم ندارد. رویش موسیقی می‌رود. راحت باشید ولی تمرکز بازیگر را به هم نزنید.»

نور؟

رفت.

صدا؟

رفت.

دوربین؟

رفت.

همه ساکت.

حرکت...

کالیگولا آلت افراخته‌اش را با فشار دست موازی زمین می‌کند. زن، با دقت گَرد سفیدی روی آلت مرد می‌ریزد؛ به‌صورت خطی باریک.

خالد می‌گوید: «هر گرمش خدا تومان است، داداش. حاصل کشت‌وکار خودمان است.»

می‌گویم: «آرد سفید؟»

زن پودر سپید را با مکش به بینی‌اش می‌کشد و بعد آلت کالیگولا را می‌لیسد.

می‌خندد و می‌گوید: «بدون یک گرم آرد و ناخالصی. توزیعش توی شهر زحمت رعنا و شیداست.»

حالا کالیگولا گرد سپید را دور آلت زن می‌ریزد و آلت زن را می‌بوسد و گرد را به بینی می‌کشد.

می‌گوید: «البته اولویت با حاضران در حسینیه است ها! مازادش را می‌فرستیم توی شهر.»

می‌گویم: «می‌شود برای تجربهٔ عاشقانه، رعنا و شیدا را به من قرض بدهی؟»

کارگردان کات می‌دهد.

خالد می‌خندد و می‌گوید: «این‌ها به کارت نیامدند؟»

می‌گویم: «رعنا و شیدا را ترجیح می‌دهم.»

می‌گوید: «یکی‌شان را انتخاب کن.»

پشتش را به من می‌کند و در گوش کارگردان چیزی می‌گوید.

می‌گوید: «البته من مشکلی ندارم ها. فرحان به من سپرده است شیدا و رعنا دوتایی با هم برای تو ممنوع است.»

حس می‌کنم نزدیک است منفجر شوم. خالد هرگاه پشت به من می‌کند، حس می‌کنم فرحان به‌صورت من زل زده است.

فصل بیست و هفتم

تمـام راه بـه ایـن فکـر کـردم که چرا فرحـان تجربـۀ عشـق با رعنا و شـیدا بهصورت همزمـان را برایـم ممنـوع کـرده؟ و صفحـۀ اینسـتاگرام ایـن دو خواهـر را دیـدم کـه اسـتوری کـرده بودنـد بـرای گرفتـن کمکهـای مردمـی تـا بیـن بینوایـان و کارتنخوابهـا توزیـع کننـد. بـا مادر همزمـان به خانـه میرسـیم. لابد از سـر قبـر بابـا برگشـته اسـت. مـن هـم به دنیـا آمـدهام و در آغوش مـادرم خوابـم.

میپرسم: «پسرم یا دخترم؟ سالمم؟»

و مادرم بوسـهای حوالۀ گردن من میدهد و میگوید: «بوی بهشـت میدهی.»

بـا هـم وارد خانـه میشـویم. پدرم چمباتمه نشسـته اسـت و کاغذی روی زانویـش گذاشـته و مینویسـد. لابـد و مطابق معمـول: وصیتنامه.

مـادرم نمیگـذارد تلویزیون را روشـن کنـم. میگوید که میخواهد شـیرم بدهـد. تلویزیـون حواسـش را پـرت میکنـد. پـدرم عـلاوه بر اینکـه دشـمن آرزوسـت، دشـمن تلویزیون هـم است. او دشـمن زندگی اسـت گمانم. مادر به پـدرم میگویـد روضـۀ کوتاهـی بخواند تا اشـک بـه سـینهاش بچکـد و بعد مرا شـیر دهـد. پدرم میگوید سـلام بر حسـین مظلوم، و اشـک از صـورت هر دو میچکـد. مـادرم مرا به آغوش میکشـد و شـیر سـینهاش را به کامـم میریزد.

می‌فهمانـم کـه دیگر وقت تلویزیون است و او بایـد به اتاق دیگری برود.

به پدرم می‌گویم: «این چندمین وصیت‌نامه است؟»

می‌گویـد: «امـروز چـه تاریخـی اسـت؟ خـرداد اسـت؟ آبـان اسـت؟ شـهریور اسـت؟ تیـر اسـت؟»

به تقویم موبایلم نگاه می‌کنم.

می‌گویـد: «اصلاً مگر فرقی می‌کند چه ماهی باشـد یا چه سالـی باشـد؟ لامذهب هر تاریخی پایش بزنم فرقی ندارد.»

تلویزیون را روشن می‌کنم.

می‌گویـد: «کتـاب می‌نویسی بـرای قبرمـان. همیـن اسـت کـه مـن را از مـردن انداخته‌ای.»

بی‌بی‌سی می‌خواهـد اخبـار بگویـد و هی مـدام زیرنویـس می‌کنـد: خبر فـوری – پخـش خبر فوری تـا دقایقی دیگر.

می‌گوید: «بگذار بمیرم.»

نمی‌گذارم. معلوم است که نمی‌گذارم به این سادگی بمیرد.

می‌گوید: «آدم برای زنده‌ماندن قدیس می‌خواهد.»

بی‌بی‌سی فارسی مدام زیرنویس می‌کند. با خط درشت: خبر فوری.[۵۷]

می‌گویم: «پس چرا من را به دنیا آوردی؟»

می‌گوید: «تو دردت چیست دیگر؟ درد قدیس داری؟»

می‌گویم: «من فقط به دنیا آمده‌ام ولی نیستم. تو هم فکر می‌کنی هستی.»

تصویـر فرحان روی صفحۀ تلویزیـون نقـش می‌بنـدد. دلـم آشـوب می‌شـود. حـس می‌کنـم کـه ناگهـان تب می‌کنـم. پـدرم می‌خواهـد چیزی بگوید که دسـتم را به‌علامت سکوت روی بینی‌ام می‌گذارم. تا زیر گردنش نـوار قرمـزی نقـش می‌بنـدد و می‌نویسـد: خبـر فـوری. بـاز نقـش فرحان

۵۷- ای به گور پدرتان که نمی‌فهمید. خبر فوری همان Breaking News است.

می‌رود و دنبالهٔ مستندی[58] دربارهٔ مقایسهٔ استون مارتین با بنز در جاده‌های برفی پخش می‌شود. چرا خبر مرگ سه نفر در اثر سانحهٔ دررفتن منبر سنگی از جرثقیل در حسینیه را کسی پوشش نمی‌دهد؟ اینکه حالا آن سه شهید شده‌اند و ناصرالدین‌شاه پیامی در تسلیت و تبریک شهادت آن جنت‌مکانان صادر کرده و آن منبر، حالا علاوه بر منبر عزا، مقبره و ضریح سه شهید است که زیر منبر له شده‌اند و دیگر نمی‌شود جسدشان را از آن زیر بیرون کشید و ان‌شاءالله زائران منبر حاجت‌روا خواهند شد به برکت این سه شهید.

می‌گویم: «من هستم؟ من چطور هستم وقتی همه مرا نادیده می‌گیرند؟»

می‌گوید: «کی مثلاً؟»

می‌گویم: «مثلاً همین زنیکهٔ جنده که دیگر پیشم نمی‌آید وقتی لازمش دارم. خالد که باید نوکر من باشد برایم تعیین می‌کند چطور عشق را تجربه کنم. مگر من امیر حسینیهٔ ناصرالدین‌شاهی نیستم؟ خالد باید تعیین کند؟»

مجدد روی صفحه تلویزیون نقش می‌بندد: خبر فوری. با بزرگ‌ترین سایز فونت ممکن.

می‌گوید: «ریدم کلهٔ ناصرالدین‌شاه و سردر حسینیه‌اش.»

بلند جیغ می‌کشم و گریه می‌کنم. در قنداق حس بستگی و خفگی دارم؛ صدای مادرم که لالایی می‌خواند و سعی می‌کند آرامم کند.

می‌گویم: «من حتی اختیار به‌دنیاآمدنم را هم ندارم.»

می‌گوید: «مگر تو خدایی؟»

می‌گویم: «می‌خواهم خدا باشم. حداقل خدای خودم. گیری داری؟»

روی صفحه باز فرحان می‌آید. می‌گوید: توجهتان را به خبری که در همین لحظه تکمیل‌شده‌اش به دست من رسید، جلب می‌کنم.

58- TOP GEAR

مـادرم لالایـی می‌خوانـد. باید خفه‌اش کنـم تا صدای فرحان را درسـت بشـنوم. مـادرم حزیـن می‌خوانـد. مادرم بـا بغـض می‌خواند. مادرم قشـنگ می‌خوانـد. باید صـدای مـادرم را ببُرم. مـادرم می‌خواند:

لالا لالا گل پسته
نشی از این روزا خسته
چقد خوابی که می‌شینه
تو چشمای تو خوشبخته
لالا لالا گل مریم
نشینه تو چشات شبنم
یه عمره من فقط هر شب
واسه تو آرزو کردم
لالا لالا گل پونه
کلاغ آخر رسید خونه
یکی پیدا می‌شه یه شب
سر هر قولی می‌مونه

فصل بیست و هشتم

...

فصل بیست و نهم

نامهٔ کسبهٔ متدین بازار خدمت ناصرالدین‌شاه

فـدای عـارض مبارکتـان کـه بـه درگاه مبارکتـان عارضیـم؛ بعـد از سـلام و ثنـا و تحیـت و آرزوی صحـت و عافیـت جسـم و جـان، ایـن سـال‌ها و بالخصـوص ایـن روزهـا شـلوغی‌هایی در هـر کـوی و بـرزن عـارض شـده اسـت کـه به‌بهانـهٔ عدالت‌خانهٔ مسـتقل از امیـال اسـلام‌خواهانهٔ عدل‌پرورانهٔ آن حضـرت ظل‌اللهـی بیـن النـاس حکـم کند (که چـه فرضی کـه تصورش موجـب تصدیـق ابطـال موضـوع و محمـول اسـت) و مشـروط‌کردن قدرت الهـی حضـرت ظل‌اللهی بـه هوا و هوس عامه و این شـلوغی‌ها مانع کسـب و کار چاکـران شـده اسـت کـه دعاگوی شـماییم و اگـر این مکاسـب تعطیل شـود، فقر وارد شـود و اگر فقر وارد شـد، دین خارج می‌شـود. لذا مسـتدعی اسـت آن حضـرت ظل‌اللـه دین‌پنـاه جز نصیحت، گوشـمال و تمشـیت کند ایـن یاغیـان و باغیـان و عاصیـان و محاربان را کـه خطر فقر و کفـر در کمین اسـت و حضرتعالـی خلیفـهٔ رب لبالمرصاد.

چندم محرم الحرام فلان سال[۵۹]

۵۹- ای به تخمم که ترجمه‌پذیر است یا ترجمه‌ناپذیر.

فصل سی‌ام

نامهٔ چند تن از اساتید دانشگاه به محضر ناصرالدین‌شاه

باسمه تعالی

محضر مبارک مقام معظم ظل‌اللهی حضرت ناصرالدین‌شاه دامت برکاته

با اهدای سلام و تحیت و آرزوی قبولی طاعات و عبادات حضرتعالی و امت اسلام

احتراماً سخنان واقع‌بینانه و امیدبخش حضرتعالی در رسانه‌های مختلف اعم از موافق و مخالف و حتی خبیثی مثل بی‌بی‌سی فارسی بازتاب عظیمی داشت و عموماً به‌صورت خبر فوری پخش شد، به گوش جان و دل اینجانبان نشست و چون عسل غلیظی بود که بر جان تلخ‌کامی بنشیند. به‌راستی که دشمنان قسم‌خوردهٔ غربی که روزهای واپسین منحط خود را طی می‌کنند، چون غریقی متشبث به سخیف‌ترین راه‌ها برای نجات خود شده‌اند. وازعان منحوس بیانیه‌ها و کنوانسیون‌های جهانی، با وجود آنکه غرقه‌ای در باتلاق‌اند، هنوز دست از اوامر و نواهی خود

برنداشته و علم دموکراسی را بر دوش شعبان بی‌مخ‌هایی[۶۰] نهاده‌اند که ما حکومت متکی به رأی مردم می‌خواهیم و این حکمی جهانی است أَفَحُکْمَ الْجَاهِلِیَّةِ یَبْغُونَ؟[۶۱] حالا که آش آن‌قدر شور شده است که حکم اسقاط احکام جهانی از حلقوم غرب بلند شده، و حتی در مغرب به‌جای دمکراسی از حکمرانی خوب سخن می‌کنند، چه شده است عده‌ای در ممالک محروسه، فیلشان یاد هندوستان آرای روبه‌زوال غربی کرده است؟ همانا که فیلسوف بزرگ اسلامی، حضرت محمدنصر فارابی[۶۲]، ما را از تمام فلاسفهٔ مغربی بی‌نیاز ساخت و گفت حکم از آنِ خداست و واضع النوامیس خداست و در زمین، آن‌که متصل به خداست، که ظل‌الله قطعاً مظهر تام و اتمّ آن است.

ما، جمعی از اعضای هیئت علمی دانشگاه‌ها، از مردم عوام کالانعام جز این انتظاری نداریم لکن در عجبیم از بعضی از کسانی که خود را خردورز و دانشگاهی مطرح نموده و سوار بر موج جهالت، کشتی وقاحت می‌رانند و با شعبدهٔ کلام سر حقه باز می‌کنند و البته حضرت ظل‌اللهی بیضه‌هایشان در کلاهشان خواهید شکست که این سنت اهل راز با جماعت شعبده‌باز است.[۶۳]

ما بزرگان آکادمی، گوش‌به‌دهان آن مقام الهی نشسته‌ایم تا با تقریر آن برای مردم، سرباز کوچکی باشیم در حکم جهادی که اعلام و اعلان فرموده‌اید که از عاشورا هر کس باز به این بهانه‌ها سر محاربه داشته باشد، مشمول آیه است که فرمود: إِنَّمَا جَزَاءُ الَّذِینَ یحَارِبُونَ اللَّهَ وَرَسُولَهُ وَیسْعَوْنَ فِی الْأَرْضِ فَسَادًا أَنْ یقَتَّلُوا أَوْ یصَلَّبُوا أَوْ

۶۰- شعبان بی‌مخ به‌قول شایع یکی از عوامل کودتا علیه کابینهٔ دکتر مصدق بوده است.

۶۱- آیا حکم جاهلیت را می‌جویید؟ قرآن - مائده - ۵۰

۶۲- ابونصر فارابی که به‌اعتقاد شایع پدر فلسفهٔ اسلامی است. او از طریق ترجمه‌های عربی چندی از نصرانیان و یهودیان با فلسفهٔ ارسطو و افلاطون آشنا شد.

۶۳- رجوع کنید به پانوشت ۶۰.

تُقَطَّـعَ أَيدِيهِمْ وَأَرْجُلُهُمْ مِـنْ خِلَافٍ أَوْ ينفَوْا مِـنَ الْأَرْضِ ذَلِكَ لَهُمْ خِزْی فِـی الدُّنْيـا وَلَهُمْ فِـی الْآخِرَةِ عَـذَابٌ عَظِيمٌ.[۶۴]

جمعی از اساتید دانشگاه با بیش از هزار مقالهٔ ISI در تمامی علوم و فنون

۶۴- سزای کسانی که با [دوستداران] خدا و پیامبر او می‌جنگند و در زمین به فساد می‌کوشند، جز این نیست که کشته شوند یا بر دار آویخته گردند یا دست و پایشان در خلاف جهت یکدیگر بریده شود یا از آن سرزمین تبعید گردند. این رسوایی آنان در دنیاست و در آخرت عذابی بزرگ خواهند داشت. قرآن - مائده - ۳۳

فصل سی و یکم

نامهٔ محمدباقر معین البکاء به ناصرالدین‌شاه

یا اباعبدالله ادرکنی

تصدق حضور مبارکت شوم!

عرض می‌شود بعد از شهادت حضرت سیدالشهداء علیه السلام، از هنگامی که امیر تیمورشاه بنای تعزیه‌داشتن را طرح نمودند، متجاوز از هزار سال است چنین در هیچ سلطنتی از سلطان و علما و غیره حکم به قطع این عزا ننموده و نتوانسته منسوخ نماید و اهل این سلسله دعاگویی دولت و ملت بوده و می‌باشند. تجاوز از هزار نفر بوده، و من پیر غلام رئیس آن‌ها، که هیچ کاری از ما ساخته نمی‌باشد به‌جز دعاگویی دولت و ملت که فرموده‌اند: «تمام غرق گناهیم و یک حسین داریم.»

چندی است اوباشی در شهر و هکذا شمیرانات و دور شهر هرگاه در حسینیهٔ ناصرالدین‌شاهی مجلس تعزیه برپا می‌شود، در نهایت افتضاح بر هم می‌زنند؛ می‌گویند که این جانقُلی‌بازی‌های مزخرف یعنی چه؟ و ما را که معین البکای دستگاه عزای حسین باشیم، عملهٔ دستگاه ظل‌اللهی

می‌نامند و مگر لوچ باشند که نفهمند فرقی میان چاکری اباعبدالله با نوکری دستگاه ظل‌الله نیست.

واجب بود که چاکر به عرض برساند، هرگاه در واقع باید ساکت بشویم و تعزیه هم نشود، صریحاً دستخط بفرمایید. ما بیچارگان ناچار اطاعت نموده می‌رویم درب خانهٔ کافر پناه می‌بریم تا بعد آقای ما به داد ما خواهد رسید. هرگاه منسوخ نباید بشود، که چه حقی دارند ما فقرای دعاگوی دولت را اذیت می‌نمایند در صورتی که نان شب نداریم. مستدعی آنکه حکمی مرحمت شود که هیچ احدی حقی به ایذاء تعزیهٔ حسینیه ناصرالدین‌شاهی و به عمل اجرای شبیه ندارد و کلیهٔ عمل اجزای این سلسله با رئیس کل آن بندهٔ غلام دولت، محمدباقر معین البکاء می‌باشد. و این چاکران در حکم جهاد جان‌نثاریم. این عریضهٔ دعاگوی دولت معین البکاء است.

فصل سی و دوم

فرحان از تلویزیـون بیـرون نمی‌آیـد. بـرق مـی‌رود و فرحان هـم بـا بـرق می‌رود. آه کـه مـادرم چقـدر لالایـی می‌خوانـد. آه کـه چـرا هیـچ تیـغ تیـزی در ایـن خانـه حلقومی را نمی‌بـرد کـه خـودم را در آغوش مادرم بکُشـم و بعد خـودم را در آغـوش پدر بینـدازم و او را هم بکُشـم. چـرا در این حالی که من تکیه داده و چمباتمه زده به دیوار نشسـته‌ام و خبری از روشـنی نیسـت و برق رفته اسـت، هیچ اشـکی به دادم نمی‌رسـد تا بلکه گریه‌ای آرامم کند؟ کاش مادری مرا نمی‌زاد. کاش!

پدرم روبه‌رویم می‌نشیند؛ چمباتمه.

می‌گویم: «چرا هیچ‌کس من را نمی‌بیند؟»

می‌گوید: «من می‌بینمت. کافی نیست؟»

می‌گویم: «معیـن البکاء بایـد به ناصرالدین‌شـاه خـودش نامه بنویسـد؟ مگـر مـن امیر حسـینیۀ ناصرالدین‌شـاه نیسـتم؟ خالـد باید تصمیـم بگیرد من چطـور عشـق را تجربـه کنم؟ مگر من امیر حسـینیۀ ناصرالدین‌شـاه نیسـتم؟»

جوابی نمی‌دهد.

فریاد می‌زنم: «هستم یا نیستم؟»

جوابی نمی‌دهد.

می‌گویم: «دیدی که تو هم مرا نمی‌بینی؟»

می‌گوید: «یک‌طوری مرا بکش که همه خیره نگاهت کنند.»

می‌گویم: «یعنی چی؟ چطوری؟»

می‌گوید: «آن را بگذار به عهدهٔ من. یک‌طوری مرا می‌کشی که همه نگاهت می‌کنند.»

لبخند می‌زند و دستی به موهایم می‌کشد.

می‌گوید: «قبول است؟ آخر چرا این‌قدر خودت را ناراحت می‌کنی؟»

صدای لالایی مادر هنوز می‌آید. پدر سرم را میان گردن و شانه‌اش می‌گذارد و می‌گوید: «این‌قدر غصه نخور، تو را به خدا.»

می‌گویم: «تو را بکشم، خدا می‌شوم؟»

می‌گوید: «باید خدا را بکشی که خدا بشوی.»

و موی سرم را می‌بوید و می‌بوسد. مادر هنوز لالایی می‌خواند. چرا نمی‌خوابم؟

فصل سی و سوم

نویسندهٔ داستان ما فکر کرد که روزی نه‌چندان دور، بارگاس یوسا با اصرار و تمنا با او تماس خواهد گرفت. از او خواهد خواست مصاحبه و همچنین جوایز را بپذیرد. نویسنده با ابراز اکراه و تنها به‌جهت تصویر لحظه‌ای که جهان به امیری او در سپاه ناصرالدین‌شاهِ آرزوبخش غرب را به تعظیم واداشته است، قبول می‌کند. نویسنده احتمالاً آن روز بسیار سرفه می‌کند و سینهٔ سنگینی دارد. (معمول نویسنده‌ها این‌طور است. نشانی از بار رنجی که کشیده‌اند و روحی که در کلمات دمیده‌اند.) بی‌بی‌سی جهانی، سی‌ان‌ان، راشا تودِی، فرانس پرس، شبکهٔ تلویزیونی دولتی چین، و برای اولین‌بار شبکهٔ قرآن پخش مکه به‌جای پخش تصاویر مسجدالحرام، به‌طور زنده قرار است مصاحبهٔ یوسا با نویسنده را پخش کند.[۶۵] یوسا جایزهٔ نوبل ادبیات به‌همراه پولیتزر، بوکر، گنکور، سروانتس، پن، حج بیت‌الله الحرام و دور دنیا در هشتاد روز را به‌صورت هم‌زمان تحویل و تقدیم نویسنده کند و با آرمان‌های ناصرالدین‌شاهِ آرزوبخش بیعت کند و

۶۵- علاوه بر این شبکه‌ها، شبکهٔ طپش علاوه بر پخش این مصاحبه، بلادرنگ برنامهٔ تحلیلی در مدح و تبیین این مصاحبه با حضور امیرقاسمی، حمید شب‌خیز، فرامرز آصف، راجر واترز، محمد ارکون، اسلاوی ژیژک، هابرماس و یورگن کلینزمن برگزار خواهد کرد.

از آرای سخیفی که در باب ادبیات ابراز داشته است کمال اعتذار را به‌عمل آورد. پیش از مصاحبه، سؤال‌ها با نویسنده هماهنگ شده. نویسنده قرار است بگوید جهانِ موجود چگونه جهانی است و آرمان‌شهر چگونه است و ابونصر فارابی کیست و قهرمان و ضدِقهرمان در نگاه آلن پو چیست و رب-گریه چِسان به قهقرا رفته است و مارکز در پاییز پدرسالار از جهان‌بینی منحط خود پرده برداشته است و فاکنر نماد ارتداد ذهن در برابر حقیقت است و همینگوی نگاهی خام‌دستانه به جنگ و مرگ دارد و داستایفسکی می‌توانسته نویسندهٔ خوبی بشود که قمار و الکل مانع شد و کارور را باید در گور کازانتزاکیس خواباند و سلین کودک سرراهی داستان است و چخوف طنز را مسخره کرده است و ایشی گورو و موراکامی نمایندگان ازخودبیگانگی‌اند و کامو طاعون داستان است و کاش کافکا سوسک شده بود و داستان نمی‌نوشت و جزینی چقدر بی‌جهت داستان درس می‌دهد و سینما نماد آرزوی واهی در برابر حقیقت آرزوست و وظیفهٔ ادبیات راستین تا قیامت صغری چیست و ورزش قهرمانی سلامت عمومی را به مخاطره انداخته است و ناگهان و لحظه‌ای پیش از شروع رسمی مصاحبه روی آنتن زنده، سرفه می‌کند و سرفه می‌کند و چشم‌هایش جز سیاهی دیگر نمی‌بیند و آه که گرگ مرگ چِسان خرخرهٔ زندگی را به ناگاه می‌درد و آرزوها را پریشان می‌سازد و به‌معنای عمر می‌خندد.

اما این گرگ مرگ نیست که ظلمات آورده است. برق رفته است. ناصرالدین‌شاه پول مملکت را برای تجهیز زرادخانهٔ روزی که با غرب خواهد جنگید مصروف می‌دارد و عاقبت‌اندیش آغاز قیامت صغری است و کارخانه‌های تولید برق پولی برای گسترش و نوسازی ندارند و برق گاه‌وبیگاه، با برنامه و بی‌برنامه قطع می‌شود. تمامی شبکه‌های رادیو تلویزیونی جهان غرق در سکوت و سیاهی می‌شوند بی‌آنکه کلمه‌ای

از نویسنده شنیده باشند یا تصویری از او دیده باشند. بهناچار همگی برنامههای عادی خود را پخش میکنند و برق رفته است و مادر لالایی میخواند و من چرا نمیخوابم؟

فصل سی و چهارم

چشم‌هایم را باز می‌کنم. تاریکی همه‌جا را گرفته است. کی خوابم برد؟ و چقـدر بـوی پیراهـن مادرم خوب است وقتی از خـواب بیدار می‌شـوم. مادرم دسـت لای موهایـم می‌کشـد و می‌گویـد: «خوب خوابیدی، پسـرم؟»

می‌گویم: «مادر! برق کی می‌آید؟»

می‌گوید: «می‌شـود دسـت از نوشتن دنبالهٔ داستانت برداری؟ خودت را کردی بدنـام دو عالم که چه؟»

مـادرم داستان دوست ندارد. مـادرم پدرم را دوسـت دارد و من را. سـرم روی رانـش حس گرمی خوشـی دارد.

می‌گوید: «می‌خواهی مرا سـر قبر پدرت یک سال به گریه بیندازی؟»

می‌گویم: «از کجا فهمیدی؟»

می‌گوید: «از حجـم آبگینه‌هایـی که برایم سـاخته‌ای. برای شکسـتن که نسـاخته‌ای. بایـد با اشـک چشـم پرش کنم.»

چشـم از تاریکی چشـم را نمی‌بینـد. ولی تصور چشـم سـرخ مـادرم بر مـزار پدرم چندان دشـوار نیست.

می‌گوید: «من پدرت را تنها نمی‌گذارم.»

می‌گویم: «تویی که مدام می‌زایی. پدر دنبال توله‌های تو راه می‌افتد.»

لپم را محکم می‌چلاند و می‌گوید: «چقدر به خودت بد نگاه می‌کنی. به خودت می‌گویی توله؟ خجالت بکش.»

می‌گویم: «من میان‌مایه‌ام. یک میان‌مایهٔ ورشکسته. یک آدم خیلی متوسط که هیچ‌وقت هیچ گهی نشد.»

می‌گوید: «گرسنه نیستی؟»

می‌گویم: «می‌دانی نیچه گفته است میان‌مایگی از پست‌فطرتی بدتر است؟»

می‌گوید: «تخم جن بوده نیچه؟ آخر این چه لیچاری است گفته؟»

می‌گویم: «برایم کتلت درست می‌کنی؟»

می‌گوید: «آدم‌ها را باید دوست داشت. یعنی چی که میان‌چی‌چی‌ها از پست‌فطرت‌ها هم بدترند. مگر سیب‌زمینی است که جدا کنیم، خوبش را برداریم، بدش را بیندازیم.»

می‌گویم: «کتلت با سیب‌زمینی سرخ‌کرده.»

می‌گوید: «هر روز هم برایت کتلت درست کنم، باز هم کتلت می‌خواهی؟»

کتلت غذای عجیبی است. مادرم مایهٔ کتلت را چنگ می‌زند تا ورز بیاید. بعد مایهٔ آماده‌شده را با دست راست چانه می‌گیرد و روی کف دست چپش می‌خواباند و با دست راستش تنظیم می‌کند. بعد پهن می‌کند توی روغن داغ. انگار بو و طعم دست مادر در کتلت بیشتر نفوذ می‌کند.

می‌گویم: «اذیت می‌شوی یک سال بنشینی کنار گور بابا؟ دوست داری تو را هم بکشم؟»

می‌گوید: «به فکر خودت باش، پسرم. بی‌آبرو می‌شوی.»

کاش برق بیاید. کاش زود برق بیاید. بعد به مادرم بگویم که «بگذار برایت داستان بخوانم.» بگوید صدایت را دوست دارم پسرم. هر چه دوست

داری بخوان. او مراقب کتلت‌هاست که نسوزد. من برایش از بورخس داستان سه روایت از یهودا را بخوانم. او بخندد و بگوید که این کجایش داستان بود؟ گرسنه‌ام. بسیار گرسنه‌ام. زبان گفتن ندارم. چه باید کرد؟ کلمه در ذهن و توان بر زبان ندارم. بلند جیغ می‌کشم و گریه می‌کنم.

فصل سی و پنجم

خالـد ناراحـت اسـت. دسـتم را می‌گیرد و به‌زحمـت از میان دختـران و زنان و پسـران و مردانی که با چشـم و دسـت بسـته همه‌جای حسـینیه پشت‌به‌پشـت هـم نشسـته‌اند، می‌گذریم.

می‌گوید: «تمام آسانسورها را هم پر آدم کرده‌ایم.»

می‌گویم: «چاره چیست؟ حکم ناصرالدین‌شاهِ آرزوبخش است.»

می‌گویـد: «مـا آمـده بودیم دوزار کاسـبی کنیم. الان کلش کسـاد شـده. کلـش ها، جـانِ داداش.»

جا برای سوزن انداختن نیست. می‌گویم: «نیروهایت را کجا جا کردی؟»

دسـتش را بیـن سـرش می‌گیـرد. دود سـیگارش را فـوت می‌کنـد به بالا و سـیگاری جدیـد از پاکـت درمـی‌آورد. می‌گویـد: «عـوض کار هنـری و پـول‌درآوردن، شـده‌اند زندانبـان.»

می‌گویـم: «ناصرالدین‌شـاه نباشـد، دو ریال هم کاسـب نیسـتی. ریشـه‌ای فکـر کن.»

می‌گوید: «ریشـه‌ای! ریشـه‌ای! ریدم به ایـن ریشـه‌ای‌فکرکردنت! تو چرا داسـتانت را یک‌طـور دیگر نمی‌نویسـی که به این گه کشـیده نشـویم؟»

نگاهش می‌کنم. سیگار خاموش را پشت گوشش می‌گذارد و پکی عمیق به سیگار روشن می‌زند.

می‌گوید: «تو خیال می‌کنی این داستانت را در غرب خواهند خواند؟ به ارواح پدر داداش‌ناصر؛ نه!»

در ذهنم مرور می‌کنم که این داستان چی قرار است باشد؟ نقش دود معلق سیگار در هوا نگاهم را دَوَران می‌دهد. آیا در میان این کاغذ توتون متعارف سیگار است یا ماری‌جوآنا؟ یا هر چیز دیگر؟

می‌گوید: «درست است که الان شنیدن از دیگری در غرب مد شده. ولی داداش تو دیگریِ مد نظر نیستی. سر کدو را ندیدی.[۶۶]»

کاش کسی تشویقم می‌کرد. کاش کسی می‌گفت چقدر خوب می‌نویسی. کاش کسی می‌گفت وفاداری به ناصرالدین‌شاه چقدر ارزشمند است.

می‌گوید: «الان آن دیگری یک رنگین‌پوست است. یک ال‌جی‌بی‌تی‌کیوپلاس است. مثلاً دو خواهر دوقلو که یکی سیاه باشد یکی سفید و در فقر باشند و عاشق هم باشند و یکی مجبور به ازدواج باشد و خواهرش بگوید اگر این ازدواج شکل بگیرد، دوست‌دخترش را که خواهرش باشد از دست می‌دهد و یک چنین چیزهایی. اقلیت‌هایی که باید صدایشان شنیده شوند این‌ها هستند، نه عمله‌واکرهٔ دولت داداش‌ناصر و این‌ها.»

صدایی که از رعناست یا شیدا فریاد می‌زند: «دیگر جا برای زندان نداریم. به بچه‌ها بگو از این به‌بعد فقط بکُشند.»

خالد می‌گوید: «می‌دانی روزی چقدر هزینهٔ تخم‌مرغ و سیب‌زمینی و گوجهٔ این بازداشتی‌ها می‌شود؟ مگر ما چقدر از این حسینیه درآورده‌ایم که این‌طور خرج کنیم. به‌خدا امام حسین هم راضی نیست.[۶۷]»

۶۶- اشاره به داستانی از ملای رومی متوفی در قرن هفتم هجری قمری.

۶۷- ناصرالدین‌شاهِ آرزوبخش دستور داده بود حجم زیادی سیب‌زمینی تأمین و به حسینیه ارسال شود تا مبادا رعایای عاصی گرسنه بمانند. دربارهٔ کشته‌شدگان هم فرمود که ایشان نزد ایزد داوری می‌شوند و ما بد به ایشان نمی‌بندیم و تلاششان نزد ایزد محفوظ باد.

فصل سی و ششم

ســارا تمام شب را نتوانســته بود بخوابد. مثل خواهرش، کریستینا؛ دوقلوی
همسـان بودنـد و یکی سـپیدرو و یکی سـیاه‌تن. انگار که رونوشـت مصدق
هــم باشــند بی‌هیـچ تفاوتـی جـز رنگ‌هایشـان کـه شـده بـود روز و شـب.
ســارا دسـت کریسـتینا را بلنـد کـرد؛ زیربغل کریسـتینا بی‌هیچ مویی شـده
بـود صـاف و صیقلی. بـو کرد و بغـض. کریسـتینا گفت: «آرمان پدرسـگ
این‌جوری دوسـت دارد.»

سارا گفت: «یعنی تو دیگر مال من نیستی؟»

کریستینا گفت: «گه به این زندگی.»

سارا نوک سینۀ کریستینا را در دهان گذاشت. مکید.

کریستینا گفت: «آخ! عوضی، نکن این‌طوری!»

ایـن بـرای چندمین بـار بود که سـارا می‌خواسـت خـود و خواهرش با هم
و از هم ارضا شـوند.

کریسـتینا گفت: «صبـح تـا شـب کـه پیش آرمان نیسـتم. باز هم مال
همیـم.» و دسـتش را بـرد لای پـای سـارا. سـارا دهانـش را از روی سـینۀ
کریسـتینا برداشـت.

گفت: «من نمی‌خواهم شریک داشته باشم.»

کریستینا گفت: «من هم همین‌طور. ولی چه کنیم.»

هر دو به یاد پدرشان افتادند. یک سیاه تنومند کنیایی که مادر روسشان اجیرش کرده بود تا بهترین لذات جنسی را ببرد اما عاقبتِ بچه‌دارشدن بدون ازدواج رسمی همین است؛ مادر روس به ایالت دیگری رفته و گم‌وگور شده بود در این ایالات متحدهٔ به‌این بزرگی. پدر کنیایی ولی دو دختر را به دندان گرفته بود و با کار سیاه در برابر پول نقدِ صاحب‌کارها در مزارع و ساختمان‌ها، آن‌ها را بزرگ کرده بود. ولی در یک سانحهٔ کاری، از روی یک دکل مخابراتی سقوط کرد و علیل شد. حالا دکتر آرمان که ایرانی‌آمریکایی متمولی بود و پیمانکار نگهداری دکل‌های مخابراتی، طی یک قرارداد نانوشته، حاضر شده بود ماهیانه شش‌هزار دلار پول نقد به پدر کنیایی بپردازد و در عوض یک‌ماه‌درمیان در منزلش همه‌گونه خدماتی از قبیل پخت‌وپز، نظافت و امور جنسی از کریستینا و سارا بگیرد؛ ماه‌های فرد کریستینا و ماه‌های زوج سارا. و این اولین روز از اولین ماه بود. البته این قرارداد دو تبصره داشت: اول، آرمان تا یک سال حق فسخ ندارد و البته حق بچه‌دارشدن هم ندارد. دوم، به‌ازای هر بار که آرمان بخواهد و در ازای هر نفرروز که هر دو خواهر همراهِ هم خدمات بدهند، پانصد دلار به شش‌هزار دلار اضافه می‌شود.

خب! شروع خوبی است. احتمالاً این داستان را در غرب خواهند خواند. به‌اندازهٔ کافی از دیگریِ موردِپسند غرب در آن نوشته‌ام. باید قربانی کنم که چشم نخورم و از گزند حسادت‌ها در امان باشم. باشد که تلاشم نزد ایزد محفوظ باشد.

فصل سی و هفتم

می‌دانیم مطابق اصلِ متفقاًوضع‌شده از سوی بورخس، همینگوی، چخوف و چند نویسندهٔ مطرح که در غرب بارها خوانده و بازخوانی شده‌اند، تمامی قوانین در دنیای داستان عبارت‌اند از:

۱- اگر تفنگی بر دیوار باشد که شلیک ننماید، همان بهتر که نباشد.

۲- اسبی که در داستان باشد و عرقش به‌طور کامل درنیاید، همان بهتر که در داستان نباشد.

۳- یا داستان بگو یا خفه شو!

۴- و از این قبیل.

۵- و سایر قوانین.

ـ متأسفانه در داستان حاضر این اصول مسلم نادیده گرفته می‌شوند.

ـ می‌شود یک مثال بزنید؟

ـ بله! حتماً! به‌عنوان مثال، در داستان جنابعالی و در فصول آغازین رفتگری بود که حتی یک بار در روضهٔ پدر شما شرکت داشتند. ایشان مدت‌هاست در داستان نیستند. در زمان حضورشان در داستان هم هیچ نقشی در داستان نداشتند.

- بله! کاملاً حق با شماست. می‌دانید الان کجاست؟

- از دستگیرشدگان در حسینیه نیست؟

- اجـازه بفرمایید از خالد بپرسـم. البته بین این‌همه آدم، سـخت است پیداکـردن یک نفـر مگر به‌کمـک تکنولوژی!

- ...

- بلـه! بله! از بازداشت‌شـدگان اسـت. الان داسـتانم را اصـلاح می‌کنم. ممنونـم از تذکرتان.

فصل سی و هشتم

خالـد رفتگـر را گشـته و پیدا کـرده و حالا روبه‌روی من اسـت. بـا او صحبت می‌کنم تا شـاید چیزی بگوید. دهانش می‌جنبد ولی صدایی از او نمی‌شـنوم؛ بی‌هیـچ کلامـی. کلام آغاز آدمیت اسـت. آغاز الوهیت اسـت. در آغاز کلام بـود و کلام بـا خـدا بود و کلام خـدا بـود.[۶۸] خداوند غریب اسـت، زیرا کلام اسـت و حـروف و اصواتـش نمی‌شـنوندش. آیـا صدایـی هسـت کـه خـود را بشـنود؟ کـه اگـر باشـد بـه عرفان نفـس می‌رسـد و عرفـان رب همان اسـت. مخلوق کلام خداسـت و خدا خود کلام اسـت. پس عالِم به نفس خود، عالِم بـه کلمـهٔ الهی اسـت و کلمهٔ الهی جز یک کلمه نیسـت و خدا خـود آن کلام اسـت. و این اسـت کـه فرمود کلمـهٔ خدا والاترین اسـت. امـا این‌ها، کلامی ندارنـد. دهان‌هایی‌انـد کـه می‌جنبنـد تـا خمیـر گندم را بـا بزاق نرم‌تـر کنند و ببلعنـد. نشخوارشـان، تکـرار بلعشـان نیسـت. تکرار مصیبت انسـان اسـت؛ بی‌خبـری از هویت انسـانی خویش، بی‌کلامی. انسـان بی‌کلام چه نسـبتی با انسـان دارد جز تکرار؟ و تکرار چیسـت جز کاریکاتور انسـان‌بودن؟ آیا انسان چونـان کبوتری یا ماشـینی براسـاس یـک دسـتورالعمل ازپیش‌تعیین‌شـده هر

۶۸- از ایـن پانوشـت راضـی‌ام چـون ارجاعـی بـه ایران و اسـلام نـدارد. ایـن جمله‌ای اسـت در آغاز سـفر آفرینـش در عهـد جدید.

روز باید خـود را تکـرار کنـد؟ این چیـزی جز ملـال و تـرس از بودن نیسـت. از او می‌پرسـم آیا هیچ‌گاه او، عشـق بـا دو خواهـر به‌صورت هم‌زمـان کـه هیـچ، نوعـی از عشـق را تجربه کـرده است؟ و دهانی که بی‌صداست و من نمی‌شـنومش. آه که چه سـؤال مضحکی از او پرسـیدم. او چیـزی جز انبانی از غذاهای نیم‌فاسـد نیسـت. او را چه به عشـق که حرمت و حریم انسان است. او شـعبده‌بازی خام‌دسـت اسـت که انسـان‌های سـاده را می‌فریبد که بله! من هم آدمم و حال آنکه او چیزی جز ماشـین جارو نیسـت که سـوختش از گندم و سیب‌زمینی است.

به خالد زل می‌زنم.

می‌گویـد: «چیزهایـی در اتاقِ قفل‌شـده داریـم کـه شـما ازش اسـتفاده نکـردی، داداش. البتـه بچه‌های خودمـان و نیروهـای معین البکـاء خیلی‌هاش را برده‌انـد.»

بـه آن اتـاق هفت‌توی مقفل می‌روم. تعـدادی چماق چوبین دسته‌چرمی افتـاده و پنجه‌بوکس و چاقـوی ضامن‌دار و گاز اشک‌آور و تفنگ سـاچمه‌ای و کلاشـنیکف و ژ ۳ و تانـک و تـوپ و نفربـر و ضدِهوایـی و پهپـاد و موشـک در سـایزهای مختلـف و چنـد تـا جنگنـدهٔ میـگ و اف آمریکایـی و یک‌سـری خرده‌ریـز دیگـر و یـک اتـاق کـه همچنان قفل اسـت بـا نشان زیر:

ONLY FOR NASSEREDDINSHAH USE!

به حریم ناصرالدین‌شاه آرزوبخش وارد نباید شد. از آنجا بیرون می‌آیم. چیزی که به کارم بیاید، نیست. نیزهٔ تعزیه را از کنار دیوار تعزیه‌خانه برمی‌دارم و تعدادی سیب‌زمینی آب‌پز که در شرف گندیدن است. رفتگر را بر زمین می‌خوابانم و چهار دست و پایش را به زمین می‌بندم. با طنابی سفت که از آمریکا برای امورات حسینیهٔ ناصرالدین‌شاهی آورده‌اند. تقلای رفتگر دست‌بسته که جز مضحکه‌کردن نفس انسانی کاری در زندگی نکرده است، بی‌فایده است. چهار ورزشکار با بدن‌های ساخته همراه من‌اند؛ از نیروهای معین البکاء که صورتشان را ریش پوشانده است و از بس زار گریسته‌اند چشمشان خون‌فشان و سرخ است و بر گونه‌هایشان زخمی از ناخنی که در عزا به صورت کشیده‌اند. رفتگر دهانش را باز و بسته می‌کند. صدایی نمی‌شنوم. چند تا سیب‌زمینی آورده‌ام؟ یکی، دوتا و آها؛ چهارتا! اولی را که می‌خواهم پوست بکنم، می‌بینم دهانش را بیش‌ازحد باز کرده. ناچار اولی را با همان شکل، فقط با مالاندن سیب زمینی به شلوارش تمیزترش کرده، در دهان رفتگر می‌گذارم. سعی دارد با نیروی زبان بیرونش بیندازد. اجباراً با فشار مشت روی سیب‌زمینی آن را دهانش گذاشته، از آنجا که کار از محکم‌کاری عیب نمی‌کند، دومی را هم به‌همان سبک و سیاق در دهانش می‌کنم. این بار مجبورم با مشت فشار بیشتری به دهانش بیاورم تا هر دو سیب‌زمینی در دهانش جا شوند. سیب‌زمینی سوم را پوست می‌کنم. دقیق. بی‌آنکه سرسوزنی از پوست خاکی‌رنگ روی تن زرین سیب‌زمینی باقیمانده باشد. اما دهان رفتگر گویا توان بلعش را دارد از دست می‌دهد. ناچار سیب‌زمینی را سر نیزه می‌گذارم. سر نیزه کمی که داخل سیب‌زمینی فرورفت، آن را معکوس می‌کنم و در دهان رفتگر می‌فشارم. خون سرخ آرام‌آرام از میان تن زرد سیب‌زمینی‌ها راه باز می‌کند و از دهان رفتگر خارج می‌شود. نیزه را بیشتر می‌فشارم تا استحسانم از درآمیختن رنگ سرخ و زرد بیشتر بجنبد.

انسـان زمانـی از حیوانیت و تکـرار می‌گریزد که به استحسـان و اخلاق و ایمان پناهنـده شـود. گرداگرد فلزی نیزه نیز باید تیز باشـد که این‌طور زبان کوچک و بـزرگ در هـم آمیخته می‌شـوند و از حلق می‌گذرد. نکتـهٔ جالب‌توجه و اهمیت آنکـه واقعاً فکر نمی‌کردم نوک تیز نیزه از پشـت سـر و گـردن بتواند بیرون بزند. ولی واقعـاً بیرون زده.

خب! یک سیب‌زمینی برایم باقی مانـده. اگر خرج داسـتانم نکنم، قواعد داستان‌نویسـی مرا تنبیه خواهند کرد به‌جهت عدول. مشکل حضور بی‌جهت رفتگـر را حل کـردم، سیب‌زمینی حالا روی دسـتم بـاد کرده. تا شـما گلویی تـازه کنیـد و آبـی یا چایی یا قهوه‌ای یـا آبمیوهٔ تازه‌ای میـل بفرمایید و فصل بعد را بخوانیـد، مـن از همکاران عزیزم خواهـش خواهم کرد تا نعـش لش رفتگر را دمرو کرده شـلوارش را پایین بکشـند. من هم با فشار نیزه به‌روش پیش‌گفته سـیب‌زمینی را داخل مقعد رفتگـر می‌کنـم تا آن هنگام که نوک نیزه از سـوراخ آلـت تناسـلی مردانـهٔ رفتگر خارج شـود. در ایـن صورت سـیب‌زمینی چهارم هـم عنصری زائد در داسـتان نیسـت. واقعاً کار ظریف و مشـکلی اسـت. برای موفقیتـم دعا کنید.

فصل سی و نهم

خــوب بـه یـاد نـدارم سـال ۲۰۱۸ میـلادی بـود یـا ۲۰۱۹ کـه یـک مسـیحی نـوزده یهـودی را در عبادتگاه یهودیان در ایالت تگزاس کشته بود. تگزاس را مطمئن نیسـتم ولـی یکـی از ایالت‌هایـی بـود کـه از ایالتـی کـه مـن در آن زندگی می‌کردم به‌قـدر کافـی دور بـود. امـا در و دیـوار ایالـت مـا عزادار بود؛ مراسم پرسـه و تعزیـت در جـای جـای شـهر و بیلبوردهای ابراز تأسف. مـن در یک مجلس پرسـه کـه در کنیسـهٔ کوچکـی در شـهری کـه زندگی می‌کـردم برگزار شد، شرکت کـردم. در آن مجلس به‌جـز مـن، پنـج غیریهـودی دیگـر هم حضور داشـتند. بازمانـدگان قربانیان، کـه صاحبان اصلی عزا بودنـد، از این شـهر بـه آن شهر برده می‌شـدند تا بـه ایشـان تسـلیت گفتـه شـود. در این جلسهٔ پرسـه کـه من شرکت کـرده بودم، قـراری برقرار بـود کـه گویا رسم متـداول این جلسـات بوده است؛ برخـی از خانواده‌هـای معزّیٰ از ظلمـی کـه بر ایشـان رفته سـخن می‌گفتند و برخـی از حاضـران در مجلس سـخنانی در محکومیت اقدام انجام‌شـده و آن تـرور وحشـیانه ایـراد می‌کردنـد. مـن بـرای سـخن‌گفتـن گویا مورد مناسبی بودم کـه اصرار داشـتند حرفـی بزنم؛ یـک مسـلمان خاورمیانه‌ای. به‌نظر شـما کـدام گزینـه بـرای متـن و مفهـوم سـخنرانی کوتـاه مـن بهتـر بود:

گزینهٔ الـف) خواهـران و بـرادران عزیز! مـا در اینجا جمع شـده‌ایم تا به افراطی‌گـری از هـر قوم یا گروه یـا فکر، نه بگوییم. بگوییم انسـان‌ها هرطور که باشـند، انسـان و محترم‌اند؛ هر زبان و نژاد و مذهب و تفکر. آیا کشـتن، بزرگ‌تریـن شـکل طـرد دیگـری اسـت؟ نادیده‌گرفتـن در نظر من از کشـتن بدتر اسـت. کشـتن و جنگ نوعی تقابل اسـت و به‌رسمیت‌شناختن دیگری. امـا نادیده‌انگاشـتن چطور؟ اگر دیگریِ بی‌آزار، آن‌قدر نادیده انگاشـته شـود کـه بین آزاررسـانی به‌جهت دیده‌شـدن و نادیده‌ماندن که مترادف نیسـتی در جهان‌بینـی فلاسـفهٔ تحلیلـی اسـت مخیـر شـود، احتمـالاً او آزار و جنگ را بـرای دیده‌شـدن بر نیسـتی در عیـن زنده‌مانـدن حیوانی ترجیـح خواهد داد. از ایـن‌رو جنگ، ماننـد عارضه‌ای نابهنجار گریبان‌گیر خواهد شـد. ما اینجا و در ایـن مجلـس عـزا جمع شـده‌ایم تا بـه جنگ، نـه بگوییم. امیـد که این خون‌هـای مظلـوم و به‌ناحـق ریخته‌شـده در حیـن عبادت، درخـت صلح را آبیاری کنـد و بنیاد جنـگ برکند. آمین!

گزینهٔ ب) خواهران و برادران عزیز! بسـیار متأسـف و متأثرم که امروز در ایـن مجلـس بـرای خون‌های بی‌گناه گـرد هم آمده‌ایـم. این تأسـف و تأثر با نوعـی فهم مشـترک عمیق که با این جنایت در من احسـاس می‌شـود شـاید ژرف‌تـر از نوعـی رمانتیسیسـم غیرانضمامی باشـد که برای بخشـی دیگر از سـاکنان مردمان متمدن روی می‌دهد. امروز کشته‌شـدن یهودیان در کنیسـه تأثـر جامعـهٔ جهانی و آمریکا را در پی داشـته اسـت و مـن، در خاورمیانه‌ای زندگـی می‌کنـم که هر روز اگر نه، هر هفته چندین انسـان کشـته می‌شـوند. یهـودی و مسـلمان و مسـیحی هـم ندارد. سـیاه و سـپید هم نـدارد. قوم هم نـدارد. گاهـی بر اثر عملیـات گروهی علیه گـروه دیگر. گاهی بـر اثر حملهٔ قوای کشـورهای پیشـرفته بـه ملل بربر تروریسـت. گاهی به‌جهـت عملیات تروریسـتی نیروهـای بربـر علیه قـوای ملل مترقـی. گاهی بر اثـر رفتن روی

مین‌هـای باقیمانـده از جنگـی در منطقـه. گاهـی هم بـر اثر سـوءتغذیه. اما گویـا کشـتگان در خاورمیانـه از جنـس آمـار و اعـداد بی‌جان‌انـد نـه مثـل یهودی‌هـای آمریکایی، نفوس انسـانی. لعنت خداوند بـر این تبعیض نژادی جدیـدی کـه دنیـا را گرفتـار خود کرده اسـت. آیا مـا را می‌بینید؟ آیـا ما را در عـداد انسـان تلقـی می‌کنیـد؟ آیـا گمانتان اسـت کـه ما هم هسـتیم یـا باید کاری کنیـم کـه در روزنامه‌هـای نیویـورک و واشـنگتن و پاریس و مسـکو و پکـن و لنـدن، علائم حیاتـی مـا را برایتان گزارش کننـد؟ ما اینجـا و در این مجلـس عـزا جمع شـده‌ایم تا به جنـگ، نه بگوییـم. امید که ایـن خون‌های مظلـوم و به‌ناحـق ریخته‌شـده در حین عبـادت، درخت صلـح را آبیاری کند و بنیـاد جنگ برکنـد. آمین!

گزینهٔ ج) خواهران و برادران عزیز! بسـیار متأسـف و متأثرم از این حادثهٔ پیش‌آمـده؛ ریخته‌شـدن خـون بی‌گناهان. همان‌طور که شـاعر شیرین‌سـخن پارسـی گفتـه اسـت از خـون جوانـان وطـن لالـه دمیـده و ایـن را نتیجهٔ جبر زمانـه و بدکـرداری چـرخ گردون دانسـته اسـت که کین‌تـوز و بی‌دیـن و آیین اسـت. اساسـاً همهٔ جنایات بر اسـاس دین و آیین و به‌دلیل بی‌دینی و بی‌آیینی اتفـاق می‌افتـد. ثمـرهٔ دیـن و آیین باید صلح و آشـتی جهانی باشـد، نه جنگ و کشـتار و نفـی؛ جامعـه‌ای انسـانی و سرشـار از برابـری و بـرادری. تنها راه گفت‌وگوسـت؛ بیـن دین‌هـا و بیـن تمدن‌هـا و بین افـکار. ما اینجـا و در این مجلـس عـزا جمع شـده‌ایم تـا به جنگ، نـه بگوییـم. امید که ایـن خون‌های مظلـوم و به‌ناحـق ریخته‌شـده در حین عبادت، درخت صلـح را آبیاری کند و بنیاد جنگ برکنـد. آمین!

گزینـهٔ د) هیچ‌کـدام از گزینه‌هـا. من اساسـاً به آن مجلس پرسـه دعوت نشـده بودم. من همراه یکی از مدعوین بودم که از سـر بیکاری به آن مجلس تعزیـت رفتـه بـودم. زبـان انگلیسـی مـن اصـلاً در حـدی نبود کـه بخواهم

آنجا نطقی کنم. من در آمریکا مهم‌ترین حرفی که می‌توانستم بزنم در فروشگاه‌های زنجیره‌ای بود. بعد از خرید تخم‌مرغ و خیارشور و دستمال کاغذی، وقتی صندوقدار از من می‌پرسید که آیا پاکت کاغذی لازم دارم تا خریدهایم را تویش بگذارم، می‌گفتم بله و این بلندترین و طولانی‌ترین نطق انگلیسی من بود. من اصلاً در آمریکا چه‌کار می‌کردم؟ چرا باید در آمریکا باشم وقتی پدرم در برهه‌ای مخصوص از زندگی خود به سر می‌بُرد؛ نه زنده بود و نه می‌مرد، بعد از یک سکتهٔ مغزی. واقعیتش این است که زندگی برایم شکل مبهم و غریبی داشت و دارد. من در روزهای زندگی‌ام با پدرم، فهمیدم که هستم. اینکه مرا به محل کارش ببرد و من با ماشین تایپ قدیمی ریبون‌دار کار کنم و سوار بر صندلی چرخ‌دارش شوم که انگار چرخ و فلک است و او به پسری دبستانی از پیچیدگی‌های فنی مخابرات توضیح بدهد. یا من منتظر باشم تا از سر کار برسد و ناهاری بخورد و بگوییم ریاضی‌بازی کنیم و ریاضیات و مسائل ریاضی بشود ابزار بازی ما. یا با هم برویم پیاده یکی دو کیلومتر تا به میدان تره‌باری که میوه و سبزی ارزان می‌فروخت برسیم و میوه و سبزی بخریم و بار را با هم کول کنیم پیاده تا منزل و من باری کم‌وزن و او باری پروزن ولی شریک باشیم در این خرید با همهٔ شدت‌ها و سختی‌هایش و لذاتش. لذاتش؟ تمام راه با هم حرف بزنیم و او مادر را بستاید که چطور با درآمد کمی که پدر به خانه می‌آورد منزل را اداره می‌کند و اگر او می‌خواسته مدیریت کند، ده روز در ماه هم این پول کفاف نمی‌داد. تعریف کند که وزیر مخابرات او را به دفترش دعوت کرده و من بپرسم که دفتر وزیر چطور جایی است و او بگوید که در ساختمان بی‌سیم و در طبقهٔ آخر و بپرسم چرا بی‌سیم و چند طبقه دارد این ساختمان و او بگوید و بعد از سالن بزرگ انتظار و تعداد دربان‌ها و منشی‌ها و محافظت‌های امنیتی بگوید و سالنی بزرگ که

دفتر وزیر است و پر از صنایع‌دستی اصفهان و کف آن فرش لاکی کاشان و چند دست مبل و صندلی، و همین‌طور بگوید تا بار میوه و سبزی به خانه برسد. با توپ بادی کوچک و گاهی توپی که از توی‌هم‌کردن چند جوراب می‌ساخت فوتبال بازی کنیم و اگر شیشه‌ای بشکند بگوید برو زیر پایه‌های مبل قایم شو و جانت را بردار و فرار کن تا کسی نیامده، و منظورش از کسی مادر باشد که باید ریزه‌های شیشه را جارو کند که در پای کسی نخلد. شب‌ها برایم قصهٔ امیرارسلان بگوید و برای اینکه بدآموزی نشود، جای دختر زیبای داستان را با یک گربه عوض کند و قصه‌گویی، یک‌شب‌درمیان نوبتی باشد و من هم باید شب‌ها برایش قصه‌های بی‌سروته بسازم و بگویم. اگر زودتر از من خوابش ببرد، انگشتم را روی ابروهای پُرش بکشم یا روی پلک بسته‌اش فشار بدهم. و هرگاه حمام برویم و من روز بشمارم برای آنکه به تنم کیسه و سفیداب[۶۹] بکشد و برای اینکه متوجه درد کیسه‌کشی نشوم بگوید بیا مشاعره کنیم و گاهی به من تقلب برساند و گاهی بگوید از خودت شعر بساز و شعرهای آبکی‌ام را اصلاح کند که وزنش چطور باید باشد و قافیه و ردیف کدام است. او مرا با خود به روضه برد و چای روضه را یاد داد که چطور در نعلبکی بریزم و هورت بکشم. از وقتی که او در برزخ مرگ و زندگی بود و تکلمش را از دست داده بود حس می‌کردم خلأ عظیمی مرا در خود فرو می‌کشد. خاطرات من با پدرم، یادآور روزهایی بود که بودم و نفس می‌کشیدم. کسی به من در تمام این خاطرات بی‌آنکه صراحتاً به زبان بیاورم گفته بود که تو هستی و زنده‌ای. وقتی پدرم به آن روز افتاد و در بیمارستان خواب بود، در گوش او گفتم هر جا می‌روی من را هم با خودت ببر. تمام خاطراتی که هستی من را ساخته بود بی او، انگار تبدیل به ضدِخود

۶۹- به‌درک که کسی نداند کیسه و سفیداب چیست.

می‌شد. ستون‌های پناهگاه ذهنم فرو ریخته بود. هرگاه در زندگی انکار می‌شدم و نامرئی می‌شدم، به پناهگاهی که از خاطراتم با پدرم ساخته بودم متواری می‌شدم و حالا این پناهگاه خودش بی‌ستون شده بود.

من می‌توانستم این قصه را طور دیگری برای شما تعریف کنم. قصه‌ای ساده‌تر و سرراست‌تر. مثلاً دو خواهر دوقلو که فقیرند. اسمشان را هم هر چه می‌خواهید بگذارید، مثلاً حلما و سلما. بعد حلما و سلما تصمیم می‌گیرند از فلاکت حاشیه‌نشینی خلاص شوند با تن‌فروشی. بعد متوجه می‌شوند که در تهران محله‌ای هست به‌نام اندرزگو که متمولان آنجا برای تفریحات خود به دخترهای جوان پول می‌دهند. ولی برای آنکه در این بورس بشود خود را عرضه کنند باید ماشین داشته باشند، چون عمدهٔ تجارت‌ها در مکالمات بین راکبان دو ماشین جوش می‌خورد. این را یکی از پیش‌کسوت‌ها که حالا مدیر برنامهٔ دختران تن‌فروش شده به آن‌ها یاد داده. اما چرا این پیش‌کسوت راز خود را در اختیار این تازه‌کارها گذاشته؟ به‌دلیل اینکه خاله‌شان است. خاله به حلما و سلما گفته که باید تغییر نام بدهند تا در کارشان موفق شوند: مثلاً ملیکا و مونیکا. و قدر خودشان را بدانند چون دو خواهر دوقلو در بازار کار، کم‌پیدا و دُرهٔ نادره است. برای خرید یک ماشین پیش‌پاافتادهٔ قدیمی برای شروع کار باید کمی سختی بکشند تا وارد بورس اصلی اندرزگو شوند. مثلاً مدت‌ها در خیابان سعادت‌آباد ایستاده، منتظر مشتری باشند، مرتب حمام بروند و خود را با آرایش‌های تند آراسته نمایند، ورزش کنند و در انتخاب مشتری سخت‌گیری نکنند. اما بعد از به‌تورانداختن مشتری، تا جایی که امکان دارد با آپشن‌های مختلف پول بیشتری از مشتری خود بگیرند و نهایتاً قدر باسن خود را بدانند. آمیزش از مقعد اگر چه دردناک ولی پول‌ساز است و البته که نابرده رنج، گنج میسر نمی‌شود. حلما و سلما بسیار سریع پله‌های

ترقی از سعادت‌آباد تا اندرزگو را پیمودند. به یکی دو بار جراحت دهانهٔ روده و عفونتش قطعاً می‌ارزید. حالا آن‌ها توانسته بودند یک پراید را که حدود پانزده سال در خیابان‌های تهران دویده بود، بخرند. پرایدی که قطعاً برای مظفرالدین‌شاه خودرویی والاتر از آرزوهایش بوده. حالا در یکی از شب‌های اندرزگو، یک بی‌ام‌و مدل ۷۴۰ که ساخت همان سال است با این دو خواهر وارد مذاکره می‌شود. رانندهٔ ماشین بی‌ام‌و پسری است با پوست برنزه و بدنی ورزشکاری به نام خالد. گزینه‌های پیش رو:

گزینهٔ الف) خالد پسری متمول و رئیس یک حلقهٔ زیرزمینی خدمات مواد مخدر و خدمات جنسی است. او ملیکا و مونیکا را با وعدهٔ پول و وعید زندگی راحت گرفتار نقشه‌های خود می‌کند. از این پس باید شاهد رجعت ملیکا و مونیکا به‌سوی اصل خویش، حلما و سلما باشیم.

گزینهٔ ب) خالد پسری آس‌وپاس است که بی‌ام‌و را برای دو ساعت کرایه کرده است. اما مونیکا و ملیکا فریب خورده و با او هم‌پیاله می‌شوند. مدتی داستان، داستان فریب‌خوردگی مونیکا و ملیکاست تا اینکه عیار خالد عیان می‌شود که او نیز مانند مونیکا و ملیکا بخت‌برگشته‌ای است که از راه فریب‌کاری برای خود زندگی سیاهی ساخته است. حالا در این لحظه این سه با هم تصمیم می‌گیرند با هم‌افزایی و سینرژی یک شبکهٔ زیرزمینی برای ارائهٔ خدمات جنسی و مواد مخدر تشکیل و ساماندهی کنند. مابقی قضایا تا انتهای داستان را هم از این روش قیاس کنید.

گزینهٔ ج) می‌توانیم ابتدای داستان را تغییر دهیم. حلما و سلما دو دختر متمول‌اند ولی به‌سبب قیافه یا هیکل یا حتی تنوع‌خواهی و علایقی نظیر آن، با خالد آشنا می‌شوند. خالد می‌تواند متمول باشد یا فریب‌کار که خود را به‌صورت مردی ثروتمند ظاهر کرده است یا اساساً فقیر باشد که موردِپسند خواهران حلما و سلما درآمده است. شکل آشنایی می‌تواند در

اندرزگو باشد یا در یک مهمانی شبانه یا در اینستاگرام یا هرطور دیگری که میلتان بکشد. در این حالت مجدداً به‌دلیل اشتیاق به درآمد یا تنوع یا هر چیز دیگر، این سه نفر تصمیم به تشکیل یک انجمن ارائهٔ خدمات به‌صورت غیررسمی می‌گیرند.

گزینهٔ د) همهٔ گزینه‌های فوق را می‌شود درهم و سرهم کرد و داستانی ساخت با سوز و گداز و طعم و طعن سیاسی و اجتماعی و الی آخر. اما من هیچ‌کدام از این‌ها را برایتان نگفتم و نمی‌گویم. این‌ها سرهم‌کردن داستان است. من دروغ نمی‌گویم و داستانی حقیقی را برایتان بازگو می‌کنم. مشهور است که بهترین داستان‌گو، چوپان دروغ‌گوست که وقتی به روستا آمد و فریاد زد که گرگ به گله‌اش زده است همه باور کردند و به یاری‌اش شتافتند گو اینکه نه گرگی بوده و نه حمله‌ای به گله‌ای. این باور همگانی که در برابر چوپان دروغ‌گو شکل گرفت دلیل خوب قصه‌گفتن است؟ من اعتقاد دارم که چوپان دروغ نگفته است زیرا دروغ به‌هیچ‌وجه باورپذیر نیست. چوپان بارها و بارها در ذهن خود، خود را تنها و مضطر دیده است در برابر حملهٔ گرگ که گوسفندانش را می‌درد. برای چوپان هیچ چیزی حقیقی‌تر از این اضطراب نیست. برای چوپان، جهان چیزی جز آنچه که اضطراب‌ها و امیدهایش باشد معنی نمی‌شود. ازاین‌رو چوپان صادقانه مردم روستا را شریک حقیقت زیستهٔ خود می‌کند نه آنچه در جهان خارج از چوپان به وقوع می‌پیوندد. ازاین‌رو، چوپان دروغ‌گو، راست‌گوترین است و البته بهترین قصه‌گو. زیرا ذهن خود را بی‌هیچ پروایی برای مردم روستا عیان کرده است. آن‌قدر بی‌پروا که حتی نگران عنصر صدق با عالم خارج ذهن هم نبوده است. چوپان دروغ‌گو بهترین داستان‌سراست زیرا شجاعانه ذهن خود را آشکار می‌کند و دیگران را دعوت به مکاشفهٔ ذهن خود می‌نماید.

فصل چهلم

پشت‌به‌پشت هم نشسته بودند احتمالاً. حسین که نمی‌خواسته توی چشم رباب نگاه کند، پسر شیرخوارشان را از مادر گرفته بود که عطشش را بگیرد و حالا پسری مدفون در خاک داشت که تیری گردن او را بریده بود. حسین می‌خواست زودتر به میدان جنگ برود. آخرین پسرش هم کشته شده بود. احتمالاً شنیده بود: می‌خواهی به میدان بروی و کشته شوی تا زیر بار غم نمانی؟

احتمالاً شنیده بود: غم‌خوردن و صبر سخت‌تر است یا کشته‌شدن؟

احتمالاً شنیده بود: می‌خواهی بروی کشته شوی که راحت شوی؟

و شاید همهٔ این وقت منتظر بوده است که خواهرش برایش لباس کهنه‌ای بیاورد تا زیر زره بپوشد که بعد از کشته‌شدن و به‌غنمیت‌رفتن زرهش، تنش عریان نشود. احتمالاً رباب بلند شده بود و پای حسین را گرفته بود. حسین سرش را به زیر انداخته بود تا نگاهش به نگاه رباب نیفتد. تا اینجا از احتمالات گفتیم. تاریخ، بخشی از وقایع احتمالی است که مکتوب شده. در تاریخ نوشته شده که شمر فریاد زد: پناهندهٔ زنان و دختران شده‌ای، ای ترسو؟

مطابق نقل وقتی که کار کشتن حسین با بریدن سرش تمام شده، سرهای کشته‌شدگان جنگ را می‌بریدند و بر نیزه می‌کردند تا سند افتخاری باشد برای کاروان فاتح. امیر این کاروان شمر بود که با هفتاد و دو سرِ برنیزه‌شده نزد یزید می‌رود. گویا یکی از این سرها، سر طفل شیرخوار بوده است. کمی پیش از برنیزه‌کردن سرها، سپاه شمر مزار طفل را پیدا می‌کنند. یعنی ملتفت می‌شوند که رباب به تلی از خاک خیره مانده است. خاک‌ها را پس می‌زنند و تن شیرخواره را از خاک بیرون می‌کشند. رباب که نگاه می‌کرده، حالا با دیدن جسد شیرخوار در دستان شمر ملتفت می‌شود سر شیرخواره‌اش بر اثر اصابت تیر از گوش تا گوش بریده شده بوده. شمر برای بریدن سر شیرخوار نیازی به خنجر و دشنه نداشته. سر شیرخوار را کمی به چپ و راست پیچانده و به عقب و جلو کشیده و این‌گونه، سر شیرخوار از تنش جدا شده و بر نیزه رفته است. وقتی سر شیرخوار به نیزه می‌رود، فرحان دستور می‌دهد و زنان لشکر پیروز کِل می‌کشند و هلهلهٔ فتح سر می‌دهند.

فصل چهل و یکم

من که باید خدا باشم و خداوند، ربِ المشرقین و المغربین است و شمر را فقط در گوشهٔ کوچکی از شرق می‌شناسند و این جنگِ آخرالزمان شرق بر غرب را امیری کنم و پیروز باشم که خداوند بر جهان غلبه دارد و من خدا باشم چون نصرت و غلبه‌ام عالمگیر شود و تف بر این نصف‌النهارات که غرب و شرق را ساختند و غرب چه گسترده است که از چین و ماچین و ژاپن و روس و بلاروس است تا پاریس و رم و اسطانبول و ینگه‌دنیا و پرو و پروس و مجار و واشنگطون و طورنطو و الخ و خدابودن خون می‌خواهد و خدایْ خونِ قربانی می‌خورد تا بلای بگرداند و من از هر چه جز من باشد، قربانی کنم به پای خدایْ که من باشم تا بلا از خود بگردانم که رفع بلا شود از خدایْ و خود، و چون من خدایْ شوم آرزوی جهانیان با من است خواه برآورم و خواه نه و البته آرزوی ناصرالدین‌شاه برآورم که او آرزوبخش بود. هین مگر آرزوی من پیش از خدایی برآوَرْد که تجربهٔ عشق راستین با رعنا و شیدا را بر کام کشم که ناصرالدین‌شاه است که کلیددار ازدواج اُختین است و خود فاتح آن و خازن آن. باری! باید قربان ساخت هرچه غیر من است و مرز من و غیر، غیرت بر من است و پاسبانی از این مرز غیوری

می‌طلبـد و رفـع این مرز، جـز با انهدامِ جز من ممکن نیسـت و چون دیگری نیسـت شـد مـن تنهـا می‌شـوم و احـد می‌شـوم و لاشـریک می‌شـوم و واحد می‌شـوم و این اسـت احد واحد لاشـریک که خدای باشـد. خدایْ تنها خرد آپولون و شـور دیونیسـوس ندارد. خدایْ فرزندی دارد آرس نام که می‌رزمد و آپولون به او خرد رزم می‌دهد و دیونیسـوس به او اشـتیاق رزم، زیرا که خدایْ تشـنه اسـت و خـون می‌خـورد و خـون می‌خواهد. هـان، ای فرزنـد ابراهیم! خداوند تشـنه اسـت و مشـتاق خـون تو. بـه قربانگاه بـرو و مهیای دشـنهٔ تیز باش تا رگ از گردنت ببرد. رضایت دیونیسـوس در قربانی توسـت و رضایت آرس اسـت و رضایت آپولون و من خدایْ را سـر خواهم برید و قربان خواهم کرد تا خدایْ شـوم. من برای خداشـدن سـر خدایان را بر نیزه خواهم کرد، ای پسـر ابراهیم. ولی چه سـود که خواهم مرد. من خدایْ می‌شـوم ولی نامیرا، نه! مـرگ می‌آید و می‌شاشـد بـه خداییِ من. پدرم از کدام حشـیش به کام کشـیده اسـت که مرگ او را می‌بلعد و باز دفع می‌شـود و او در مرگ چه دیده اسـت که چنین مشـتاق و عاشـق مرگ اسـت و برایش شـیرین اسـت؟ کاش می‌شد باقی باشـم. کاش می‌شـد بعـد از خدایی، از خـود لااقل فنا را مـی‌زدودم. ولی مرگ خواهـد آمـد و پس از آن مـن، خدایـی درگورخوابیده‌ام که کود سـندهٔ گاوی از من پرخاصیت‌تر اسـت. اما چه معلوم که پس از مرگ کسـی باشـد و بازبپرسد کـه چگونـه خدایـی بـوده‌ام ولی مـن که حال زنـده‌ام و تـا زنده‌ام خدایْ باشـم و بـی‌آرزو باشـم از بـس تمـام آرزوهایـم را بـه فراچنـگ آورده‌ام و سـر خدایْ را کـه بریـده‌ام از گیـس بـه در چنـگ آورم و بـه زنـان و کودکان حرمش نشـان دهـم کـه این سـر خون‌چـکان خداسـت که حالا گیسـش در چنگ من اسـت و سـرش رهـا و از گیـس آویـزان و رگ‌های بریـدهٔ حنجرش خون‌چـکان و من خـدای تـازه‌ام که خدای را کشـتم، ای پسـر ابراهیم! به همسـرت بگو بنگرد که چشـم‌هایت چطور باز و مبهوت انگار به گوشـه‌ای نگران خیره مانده اسـت. به

دختـرت بگوی که دیگر لبی برای بوسـه نداری. به خواهـرت بگوی که برادری نـداری. خـدای خون می‌خورد برای رفع عطش ای کشـتهٔ تشـنه و منم نشسـته بر تو بر فراسـوی نیک و بد تا خدایی جدید باشـم و نیک و بد زان من اسـت و هرچه من فرمان کنم اسـت و نیک، من اسـت و بد، غیر من، ای پسـر ابراهیم. ناصرالدین‌شـاه در حسـینیه‌اش جایـی بـرای حبس یاغـی و باغی نـدارد و باید کشـت هرکـس که به طغیان در آیـد، ای طاغی، ای ذبیح، ای قربانی، ای پسـر ابراهیـم و این امر ناصرالدین‌شـاه اسـت که حکم از آن اوسـت تـا غرب را فتح کنـد و جهانگیـر شـود عقـل او و من امیر اویم که خدای باشـم و نـکاح اُختین در ید اوسـت، ای پسـر ابراهیـم. من خدایم وگر خدای را نادیـده بگیرند و او را بـاز انـکار کنند، ایـن جهنم برای خداوند اسـت و سـزد که خدایْ ایشـان را به جهنم درافکند که فراموشـی افیونی برای فراموشـی اسـت. مـرا ببینید. خواهش می‌کنم مـرا ببینید.

فصل چهل و دوم

پدرم می‌پرسد: «چه تاریخی است؟»

می‌گویم: «هر تاریخی که دوست داری فرض کن. ناصرالدین‌شاه فرمان قتال دینی داده. می‌شود چه تاریخی؟»

می‌پرسد: «بالاخره دیگر قرار است من را بکشی، درست است؟»

می‌گویم: «سه فصل داستانی دیگر ان‌شاءالله. دوست داری؟»

می‌گوید: «دوست ندارم دست کسی به خون من آلوده شود.»

می‌گویم: «مگر آرزو نداشتی؟»

می‌گوید: «تو دوست داری جنایت‌کار شوی؟»

می‌گویم: «من دوست دارم مرا ببینند. اگر سر بریده‌ات را به دست بگیرم، حتماً من را خواهند دید.»

می‌گوید: «یعنی من کاری نکنم که ببینندت؟ خودت از پسش بر می‌آیی؟»

می‌گویم: «تو لازم نکرده نگران من باشی. بدبختی‌های من از توست.»

می‌گوید: «پس یک خواهش! دم آخر به من آب بده.»

می‌گویم: «مگر دوست نداشتی تشنه بمیری؟»

می‌گوید: «هنوز هم دوست دارم، ولی تو به من آب بده.»

مادرم مرا در آغوش دارد. آرام خوابیده‌ام. حیران نگاهم می‌کند.

می‌گوید: «خودت را چی؟ می‌کشی؟»

انگار که خوابی دیده باشم، دست و پایم در آغوش مادرم به‌ناگاه تکان تندی می‌خورد ولی چشم باز نمی‌کنم. لبانم را تکان آرامی می‌دهم و باز کم‌حرکت، به خواب می‌روم. نزدیک مادر می‌شوم و مو و گردنم را می‌بویم. بو ذهنم را پریشان می‌کند. به جایی می‌بَرَدَم که نمی‌دانم کجاست و به حالی می‌بَرَدَم که نمی‌دانم چیست. پدرم خم می‌شود و دستم را در آغوش مادر می‌بوسد. مادر را در آغوش می‌کشد. من محو می‌شوم بین پدر و مادر. دست‌های مادرم گردن پدر را گرفته است و تماشا می‌کند صورت پدر را. بی‌صدا به هم زل زده‌اند. ابرها خانه را مه‌آلود کرده‌اند. ابرها از سقف عبور کرده‌اند و خود را پایین کشیده‌اند و خانه را مه گرفته است. نه رعنا و نه شیدا هیچ‌گاه این‌طور نگاهم کرده‌اند؟ پدرم دلش خوش است که از همهٔ دنیا، مادرم او را نگاه می‌کند. مادرم گلوی پدرم را بین دو لبش می‌گیرد. از میان ابرهای فروافتاده در خانهٔ ما باران می‌زند. آب بالا می‌کشد خود را تا برسد به بوسه‌گاه مادرم و از آن بالاتر می‌کشد خود را و از سر پدرم عبور می‌کند. پدرم دور مادرم می‌چرخد و مادرم دست‌هایش را باز می‌کند. مادرم در پدرم و پدرم در مادرم به هم می‌ریزند شکل تنشان را. ابرها خود را می‌کشند زیر پایشان و باران از پایین پا به بالا می‌بارد. خانهٔ ما دیگر تلویزیون ندارد. فرش ندارد. آشپزخانه ندارد. اتاق‌خواب ندارد. عکس بزرگی که از ناصرالدین‌شاه در اتاق خودم زده بودم، نیست. اتاق خودم دیگر نیست. مه است و باران است و من، که تر نمی‌شوم. ابرها که به هم ساییده می‌شوند جای صدای رعد، صدای سنج و دمام بلند می‌شود. چرا باران بوی چایی را می‌دهد که کمی خاک در آن حل کرده باشند؟ می‌خواهم از شیر مادرم سیر شوم. گردنم بویی می‌دهد که نمی‌فهمم از کجا به خاطرم مانده است.

فصل چهل و سوم

نویسندهٔ آرزومند داستان ما در خود احساس ضعف کرد. البته خیالتان را راحت کنم. این داستان به‌صورت عجیب و معجزه‌آسایی تمام نخواهد شد. نویسنده پدرش را ذبح خواهد کرد. اما بعد از بارش باران وارونهٔ از زمین به آسمانِ ابرهای داخل خانهٔ نویسنده، او احساسی عجیب در خود یافت. او گمان برد برای امیری در این پیچ تاریخی، به نیرویی بیش از آنچه دارد نیازمند است. او به لیست آرزوهای بلندبالای خود اندیشید و با خود گفت من خدا خواهم شد. به میدان ارگ ناصری[۷۰] رفت. توپ مرواری سر جایش بود و دورادورش را با تفنگ برنو حصارکشی کرده بودند. نویسنده خود را به متصدی نگهبانی توپ مرواری معرفی کرد و گفت: «من مدیر معظم حسینیهٔ ناصرالدین‌شاه هستم.»

متصدی نگهبانی توپ مرواری که کلاه حصیری لبه‌دارش را روی صورتش کشیده بود تا آفتاب اذیتش نکند و روی صندلی چرخ‌دار کهنه‌ای چرت می‌زد، گفت: «فرمایش؟»

نویسنده گفت: «به‌جا آوردید که؟»

۷۰- خیلی وقت است پاورقی نزده‌ام. مناسب بود که یک پاورقی ایجاد کنم و راجع به ارگ ناصری توضیح بدهم.

نگهبان گفت: «خب، فرمایش؟»

نویسنده گفت: «می‌خواهم بروم کنار توپ مرواری.»

نگهبان دستش را از جیبش بیرون کشید و جلوی نویسنده دراز کرد. نویسنده کمی گنگ نگاهی به دست نگهبان کرد و بعد انگار که ملتفت شده باشد، بزرگ‌ترین برگهٔ بهادار (اسکناس) فارسی[۷۱] را در کف دست نگهبان گذاشت. نگهبان هم چشم‌هایش را روی هم گذاشت و به چرتش ادامه داد. نویسنده از لای تفنگ‌های برنو گذشت و زیر توپ مرواری ایستاد. چشم‌هایش را بست و سعی کرد در قلبش تمام نیروی روحانی‌اش را جمع و جلب و جذب کند. زیر لب گفت:

«ای توپ تن‌طلایی/ از غم بده رهایی

بختی جوون و نون‌دار/ روزی بکن ز جایی

ای توپ چاره‌ها کن/ کارم گره‌گشا کن

صدها گره به هر نخ / من می‌زنم تو وا کن»

و به لیست آرزوهایش باز اندیشید و گره به نخ زد. یک دوک نخ را گره زد و باز کم بود. دو سه بار دیگر با انتقال و تبادل مالی با نگهبان از بازار بزرگ طهران دوک[۷۲] خرید و به توپ مرواری گره زد. بعد با دلی آرام و قلبی مطمئن و روحی شاد و ضمیری امیدوار به فضل خدا به‌سوی حسینیهٔ ناصرالدین‌شاهی حرکت کرد.

۷۱- در آن زمان بزرگ‌ترین اسکناس فارسی در حالت خوش‌بینانه معادل یک‌هزارم بزرگ‌ترین اسکناس اروپایی بود.

۷۲- طول نخ هر دوک مطابق استاندارد ٪۵± ۴۶۰۰ است که متأسفانه در بازار تهران به‌دلیل کم‌فروشی ٪۷± ۳۹۵۰ به فروش می‌رسد.

فصل چهل و چهارم

گیلگمـش، کهن‌افسانهٔ بین‌النهرینی است که در خاورمیانهٔ شرقی به جهان رونمایی شـد و به‌باور اکثر مورخان کلاسیک ادبیات، ایلیاد و هومر، این دو افسانهٔ شهیر یونانی که آغاز ادبیـات غربی‌اند تحت‌تأثیر عمیق از حماسـهٔ گیلگمـش بوده‌اند. این یک شـاهد مثال است از اینکه فکر از مشرق طلوع کرده و مغرب آن را به‌سـرقت برده و به‌نـام خود تبلیغ کرده اسـت. گیلگمش همانا خدا-انسـانی اسـت که دو ثلث از خدا دارد و یک ثلث انسان است. عناصر تشکیل‌دهنده در یک انسـان عادی نیز دو ثلث آب و یک ثلث غیرآب بـوده و دو ثلـث سـطح زمین آب و یک ثلث آن خاک است. در قرآن نیز آیه‌ای هست که حیات را ناشی از آب دانسـته است و اینکه کل موجودات به‌واسطهٔ آب است کـه حیات دارند.[۷۳] آیا این مجموعهٔ نسبت‌های آب و خـاک بـا خدا-انسـانی به‌نام گیلگمـش اتفاقی است و نکتهٔ جالـب اینکه گیلگمـش گرچـه خداسـت ولی فانی اسـت و مـرگ او را درخواهـد ربود و ایـن لابـد معلول ثلث انسـانیِ گیلگمش است. نویسـندهٔ داستان، این‌ها را نوشت ولی نتوانسـت ادامه بدهـد. در تنش احسـاس می‌کرد چیـزی کم یا

۷۳- وَجَعَلْنَا مِنَ الْمَاءِ كُلَّ شَيْءٍ حَيٍّ - قرآن - الانبیا - ۳۰

زیاد است. او مطمئن بود که باید در فصل بعد پدرش را بکشد. دلش می‌خواست که فرحان با او کلامی سخن بگوید. دوست داشت لحظه‌ای در این لحظات تلفنش زنگ بخورد و ناصرالدین‌شاه با او حرفی بزند. دلش می‌خواست برود توی لولهٔ توپ مرواری و هیچ‌کس را نبیند و هیچ صدایی نشنود و در جنگ ناصرالدین‌شاه با غرب از لولهٔ توپ پرتاب شود و در مغرب بیفتد. دلش می‌خواست همهٔ چشم‌ها و دل‌ها محو او باشند و بستایندش. چطور است داستان حلما و سلما را ادامه دهم؟ یا مونیکا و ملیکا؟ یا داستانی که غربی‌ها دوست داشته باشند. یا اصلاً داستان چیست؟ و چرا باید داستان نوشت؟ چطور ابر بیاید و از بالا به پایین ببارد و از پایین به بالا بزند؟ و چرا آبگینه‌های مادر ابر شده‌اند و می‌بارند؟ مگر آبگینه چقدر آب در خود دارد که ابر شود و باران شود؟ همچنین، چای، نوشیدنی روزانهٔ صبحانه برای تقریباً دو ثلث جمعیت جهان می‌باشد. دو ثلث انسان آب است. آب، حی است. حی نامی از نام‌های ذاتی خداست. دو ثلثِ انسان خداست. انسان همانا گیلگمش است. یک چینی چهار قرن پیش از میلاد مسیح چای را نوشید. عطر چای طبیعی به خاک آمیخته نیست مگر آنکه خاکی را در چای محلول کنند. لولهٔ توپ مرواری حاوی انرژی‌های خاصی است. با آب رفع تشنگی می‌شود. آب حی است. انسان تشنهٔ خداست. ناصرالدین‌شاه در پیچ تاریخ است تا شانهٔ غرب به خاک بمالد. بوی خاک در چای مال چای روضهٔ مادر است. مادرم کدام است و پدرم کدام است؟ امروز چه تاریخی است؟ چقدر وقت داریم تا قیامت صغری، داداش‌ناصرالدین؟ چای روضهٔ مادر بوی خاک می‌دهد یا خون؟ دود؟ آتش‌نشانی ناصری در خدمت شماست؛ بفرمایید. امر، امر شماست قبلهٔ عالم. اصلاً آفتاب از مشرق می‌تابد قبلهٔ عالم. این بار نخواهیم گذاشت غربت غربیه غریبتان کند و این بار اگر جهادی باشد، پیروز ماییم

در ایـن جنـگ و جهـاد و پیـچ تاریخی و مشـتق دوم منحنی‌ای که صفر باشـد، نقطـهٔ عطـف پیچاپیـچ تاریـخ اسـت و از ایـن سـهمیِ افـق، خون اسـت که می‌چکـد یـا خاک، مـادر زمین، مادر گناه اسـت یا بسـتر رویـش و زایش، و عشـق چیسـت و من گرسـنه‌ام و شـیر می‌خواهـم و گردنم بویـی می‌دهد که می‌رود به حفرهٔ مکندهٔ ماضی که می‌کشـد انسـان را به خویش و مستقبل، خندان و مسـت و فریباسـت و ماضی، تلخ اسـت و مسـتقبل، ماضیِ نیامده اسـت و خـاک خـون می‌خواهد قبلهٔ عالم یـا آب تا تو جهانگیر شـوی و من، خدا که حی اسـت و آب اسـت و زمین مجسـمهٔ بزرگ گیلگمش اسـت که دو ثلث آب اسـت و یـک ثلث خاک که انسـان اسـت و خاک مرگ اسـت و آب حیـات. کاش روزی بی‌بی‌سـی جهانی گـزارش خدابودنمـان را بدهد! آمین! و مـا سـایهٔ ظل‌اللهی ناصرالدین‌شـاه را بر سـر همـهٔ پیروان ادیـان ابراهیمی و غیرابراهیمـی علی‌الخصـوص اِل‌جی‌بی‌تی‌کیوپـلاس بگسـترانیم! آمین!

فصل چهل و پنجم

پدرم بیمار شده است. این اعتقاد رابینسون کروزوئه است. پدرم ایستاده است در جایی گود از حسینیهٔ ناصرالدین‌شاهی که گرداگردش مثل مخروط ناقص، مشابه جایگاه تماشاگران ورزشگاه فوتبال به بالا می‌رود و همه‌جایش پر از آدم است و جای سوزن انداختن نیست. کنار رابینسون کروزوئه می‌ایستم. می‌گویم: «من را به خاطر می‌آورید؟ میزگرد پرگار، برنامهٔ بی‌بی‌سی داریوش کریمی؟» انگار که ندیده باشدم، دیاپازونی از جیبش بیرون می‌آورد و انگار که چیزی را آزمایش می‌کند، می‌گوید: «بله! بیمار است. فرکانس تولیدی حنجره‌اش در محدودهٔ فرکانسی گوش انسان معمولی نیست. پس بیمار است.» محمدباقر معین البکاء گوشهٔ کتف چپم را می‌بوسد و آرام می‌گوید: «این چه بساطی است که راه انداخته‌ای؟ ما امروز اینجاییم تا برای آقا اباعبدالله در حسینیهٔ معظم ناصرالدین‌شاه اقامهٔ عزا کنیم.» پدر گفته بود که امروز برای نصیحت همهٔ ما به حسینیهٔ ناصرالدین‌شاه خواهد آمد و من به او گفته بودم حسینیه دیگر پر است از بازداشتی‌ها و جا برای حبس نیست و هر کس را که بیاید و اخلال و اغتشاش کند، خواهیم کشت. پدرم رویش را به سقف می‌کند. سرش

را کـه بـالا می‌بـرد مـادرم است کـه روی صورتش کبود اسـت. پـدرم چیزی فریـاد می‌کشـد که فریـادش از رگ‌هـای تابه‌حد ممکـن کشیده‌شـدهٔ گردنش معلوم اسـت ولی صدایش را نمی‌شـنویم. خالد می‌گویـد: «ناهار امروز قیمه اسـت. امـر داداش‌ناصر اسـت کـه قیمه باشـد.» مدت‌هاسـت شـام و ناهارم را در حسـینیهٔ ناصرالدین‌شـاهی می‌خـورم. روحانـیِ عمامه‌بـزرگ می‌آیـد و می‌گویـد: «جمـع کنید این بسـاط را. دیگر وقت منبر اسـت و ذکر مصیبت.» صـدای فیـل و اسـب می‌آیـد. گـروه تعزیه هـم حاضرند. باید کسـی بـه پدرم بگویـد کـه دیگـر بس کنـد. فرحـان کجاسـت؟ رعنا و شـیدا کِل می‌کشـند. زنانـی کـه کنـار رعنـا و شـیدا ایسـتاده‌اند به‌دنبـال آن‌هـا کِل می‌کشـند. پدرم نشسـته روی زمین روی دو زانو. روحانی عمامه‌بزرگ می‌گوید: «از مسـلمین غیور کسـی نیسـت شـر ایـن متعرض به حرمـت اباعبدالله را از سـر حسـینیهٔ ناصرالدین‌شـاه کـم کنـد؟» جوانی سـیاه‌پوش و قوی‌هیکل که موی سـرش پر از فـر اسـت و ریش تمـام صورتش را پوشـانده، خم می‌شـود و گوشـهٔ عمامهٔ روحانـی را می‌بوسـد. روی گونه‌اش جای خنج اسـت و از بـس که گریه کرده چشـمانش سـرخِ سـرخ اسـت. در گودی کنـار پدر می‌ایسـتد. پـدرم رو به او می‌کنـد و پیشـانی‌اش را می‌بوسـد و بـا او حـرف می‌زنـد. بعید اسـت چیزی شـنیده باشـد. لبادهٔ بلند سـیاهش را بالا می‌کشـد و از جورابش قمه‌ای بیرون. فریـاد می‌زنـد یا حسـین و ضربـه‌ای با قمه به سـر خود می‌زند. خـون از روی چهـره‌اش می‌گـذرد. بـاز می‌خواهـد چنیـن کنـد که پـدر دسـتش را می‌گیرد. نگاهشـان بـه هم اسـت. من گریـه می‌کنم. من تشـنه‌ام. من شـیر می‌خواهم. مـادرم صورت کبودش را می‌پوشـاند. پدرم دسـت روی صورتـش می‌گذارد. مـرد سـیاه‌پوش با قمه حمله می‌کند. قصد پـدر را دارد یا مادر را؟ پدرم مچش را محکـم می‌گیـرد. زن‌هـای غرب گودال، نشسـته هلهله می‌کنند. سـیاه‌پوش قمـه را پاییـن و پایین‌تـر می‌آورد. مادرم بی‌سـپر اسـت. پدر دسـت قمـه‌دار را

می‌گرداند. قلب قمه‌دار از تیزی قمه می‌گذرد. خونش می‌پاشد به گودی و سیاهی لباسش. معین البکاء فریاد می‌زند آه! زن‌های شرق گودال که در پس معین البکاء ایستاده‌اند، می‌گویند آه! پدرم مرا می‌گیرد. می‌بوسد. من مانده‌ام میان پدرم و مادرم که از هم تمیز ندارند و تشنه‌ام و مادرم بی‌شیر است و گریه می‌کنم و هوا داغ است. روحانی به من می‌گوید: «آن نوزاد کیست؟» می‌گویم: «منم!» می‌گوید: «پس تو ام‌الفسادی! گرگی و میان ما میش می‌نمایی.» رعناست یا شیدا که می‌گریزد به‌سوی پدرم و بانگ بر می‌دارد: «حرف‌هایش را بشنوید، چه خوب حرف می‌زند. چه حرف‌های خوبی می‌زند.» این یکی حق ندارد. آغوشش را باز کرده تا پدرم را در آغوش بگیرد. این خط قرمز است. دست در قبای روحانی عمامه‌بزرگ می‌کنم. کلت را از قبایش بیرون می‌کشم. بار خدایا! چرا این روحانی عمامه‌بزرگ در داستان من از یک تیپ شخصیتی فراتر نمی‌رود؟ چرا به شخصیت مبدل نمی‌شود؟ نشانه می‌گیرم. فریاد می‌زنم: «محض رضای فرحان و خالد نرو.» می‌گوید: «پدرت موسیقی می‌زند با حرفش. شراب می‌ریزد با حرفش.» فریاد می‌زنم: «به‌نام نامی ناصرالدین‌شاه؛ ایست.» نمی‌ایستد. مادرم دست‌هایش را باز کرده است. شلیک می‌کنم. می‌خورد میان دو ابرویش و خون می‌پاشد به مادرم و پدرم و او زمین می‌افتد. رعناست یا شیدا؟ مادرم دهانش را بر دهانش می‌گذارد و می‌دمد. پدرم انگشت را بر نبض گردنش می‌گذارد. بعد دست‌هایش را روی قفسهٔ سینه‌اش می‌نهد و با ریتم فشار می‌دهد. آیا سینه‌های او پدرم را برانگیخته است؟ پدرم لبش را از لب خونین جسد برمی‌دارد و مادرم دیگر روی سینه‌های جسد فشار نمی‌آورد. روحانی فریاد می‌زند: «ناموس ندارید، بی‌ناموس‌ها در روز عزا؟ به مردهٔ ما هم متعرضید؟» و کنار جسد می‌نشیند. شیداست؟ رعناست؟ مادرم عمامهٔ روحانی را برمی‌دارد و می‌بوسد. پدرم کتف‌های روحانی

را می‌گیرد و بلندش می‌کند. روحانی می‌گوید: «شما ناموس ندارید!» پدرم نگاهش می‌کند. گریه می‌کنم. شیر می‌خواهم. رابینسون می‌گوید: «صدای این نوزاد در فرکانس طبیعی است زیرا همهٔ ما صدای گریه‌اش را می‌شنویم.» ضجه می‌زنم. پدرم حیران دور گودال می‌گردد. لب‌هایش ترک خورده و من از این فاصله درز ترک‌های لب‌هایش را خوب می‌بینم که خون بیرون می‌زند. معین البکاء می‌گوید: «این بچه را آرام کنید، روضه‌خوان می‌خواهد روضه بخواند.» بلندتر گریه می‌کنم. معین البکاء می‌گوید: «او را ساکت کنید، می‌خواهیم روضه بخوانیم.» پدرم مرا روی دستش می‌گیرد و من بلندتر گریه می‌کنم. فرحان می‌گوید: «نمی‌بینی حرمت حسینیهٔ ناصرالدین‌شاه را شکسته‌ای با ضجه‌هایت؟» به‌خدا که رحم بر صغیر و کبیرشان حرام است. کجایی فرحان؟ تشنه‌ترم که بلندتر می‌شود صدای گریه‌ام. روی دست پدرم گردنم افتاده و خمیده و مادرم بی‌آنکه نگاهم کند مرا به آغوش خود می‌فشارد. من نحیفم. من خواهم مرد. من گویی سهمم را از زندگی می‌خواهم. من صورتم کبود است. نه پدرم از شرم توان نگاه به مادرم دارد و نه مادرم از حجب توان نگاه به پدرم. من خواهم مرد و در انتظار سهمم از دنیای خویشم. بازیگر تعزیه می‌آید و می‌گوید: «آقا طبق زمان‌بندیِ رابینسون کروزوئه، دقایقی دیگر نوبت ماست که به گودی برویم برای نمایش تعزیه.» تیر و کمان را از دست بازیگر تعزیه می‌گیرم. صدای فرحان مدام در گوشم می‌پیچد: «آبادان شهر خداست؛ غروباش چه باصفاست؛ عروس خلیج فارس... عروس خلیج فارس؛ عاشقی تو آبادان، مث عشق تو قصه‌هاس...» کمان را می‌کشم. تا جایی که جا دارد. دست فرحان روی دست‌هایم می‌نشیند و زاویهٔ کمان را اصلاح می‌کند. دوماد کجاییه، دستاش حناییه، عشقش خداییه. کمان را رها می‌کنم. می‌نشیند روی گلویم. فرحان می‌بینی؟ خون از گلویم فواره می‌کشد و دست‌های

کوچکم می‌لرزد و بالا و پایین می‌شود و مادرم خیره به پدر و پدر سرش را پایین انداخته و خون من است که به آسمان می‌پاشد. دست‌های کوچکم، بسیار کوچکم، از دو سوی بدنم آویزان است بی‌تکانی. مادرم نیست و پدرم نیست و هر دو در هم نشسته‌اند. حالا دیگر می‌توانم خودم را بکشم. زیرا دیگر نوزادی نیست که باز من بشود و باز همان آش بشود و همان کاسه. نزدیک پدر می‌شوم تا خود را دفن کنم و آتش بزنم و آهک بریزم و خلاص. پدر می‌گوید: «دیدی امروز تیرت به هدف نشست؟ امروز تیغت هم می‌برد.» می‌گویم: «ولی من صدای تو را می‌شنوم. بگذار به رابینسون بگویم تا او هم با دیاپازونش بیاید.»

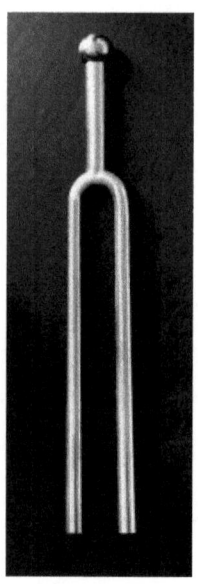

تصویر نمونهٔ دیاپازون تشخیص فرکانس اصوات

پدرم جسدم را زیر لباسش می‌کشد و می‌گوید: «تا زنده‌ام دستت بهش نمی‌رسد.»

می‌گویم: «می‌دانم چه قصه‌ای در سرت می‌گذرد. که مرا باز در زهدان

مـادر بـکاری و آب بدهی و باز مادر حاملـه بشـود و من را به دنیا بیاوری.»

می‌گوید: «من مادرتم.»

می‌گویم: «تو مادرمی؟»

می‌گوید: «برایت چه فرقی می‌کند؟ تا ما باشیم...»

می‌زنـم بـه تخت سـینه‌اش. پرتـش می‌کنم میـان گودال. تماشـاچی‌های غرب و شـرق گودال هوی می‌کشـند. می‌ایسـتد. روحانی عمامه‌بزرگ فریاد می‌زنـد: «در راه ناصرالدین‌شـاه بجنـگ که او ظل‌الله اسـت.»

وای خدایـا! چـرا این روحانی عمامه‌بزرگ به شـخصیت تبدیل نمی‌شـود؟ و این‌طـور تیپیـکال اسـت؟ مطابـق اصـول داسـتان‌نویسـی شـخصیت خوب اسـت، نه تیـپ. او ضعف بزرگی برای داسـتان اسـت.

به پدرم می‌گویم: «می‌خواهی با من بجنگی؟»

می‌گویـد: «دخترم را کشـتی؟» و اشاره می‌کند. رعناست یا شیدا؟

می‌گویم: «دختر توست؟»

نگاهـم می‌کنـد. خیـره نگاهـم می‌کنـد. انـگار دریایی بین من و اوسـت. آب و آب و آب.

می‌گویم: «تشنه می‌کشمت.»

می‌رود. کجا؟ جسدم را کجا می‌برد؟

از پشت لباسش را می‌گیرم و می‌گویم: «دخترت جنده بود، بدبخت.»

برمی‌گردد و قایم می‌خواباند زیر گوشـم. پرت می‌شـوم کناری. تماشاگران هوی می‌کشند.

می‌گویـم: «غیـرت جنده‌هـا را می‌کِشـی؟ آن یکـی خواهـرش هـم لابـد دختر توست.»

یقـه‌ام را می‌گیـرد. دسـتش را از یقـه‌ام بـاز می‌کنم. سـنگی به پیشـانی‌اش می‌خـورد. تماشـاگران کـف می‌زننـد و هورا می‌کشـند.

مـادرم می‌گویـد: «آخ!» و خـون راه از صورتـش می‌گیرد و شـره می‌کند. پیراهنـش را بالا می‌کشـد تـا خون از صورتـش پاک کند.

دسـت می‌کنم و تیری از کمان رها می‌کنم تا سـینه‌اش را بشکافد. شکافت و از سـوی دیگرش خارج شـد. جسـدم کجاسـت پـس؟ خونم کجـا ریخته؟ چـرا ردی نیسـت؟ زیـر کدام خـاک چالم کرده اسـت؟ دسـتش را می‌گذارد تا تیـر را از سـینه‌اش بیـرون بکشـد. تیر بیرون می‌آیـد و با تیـر چیزهایی از جنس امعاواحشـا. شمشـیری بر فرقش می‌شکند.

می‌پرسم: «امروز تیغ بر تو اثر می‌کند؟»

می‌خنـدد. خـون از گوشـهٔ لب‌هایـش جـاری می‌شـود. با لگـد می‌زنم بـه پهلویـش. چرا چکمـه پایم اسـت؟ و کِی چکمه‌هـا را پوشـیدم؟ به پهلو می‌افتـد. چکمـه را روی دهانش می‌گذارم. خون بیشـتری از لب‌ها می‌ریزد. پاشـنه را تـوی دهانـش می‌فشـارم. دندان‌هایـش می‌شـکند. تماشـاچی‌ها کجـا هسـتند؟ صدای هلهلـهٔ زن‌هـا می‌آیـد. دور و نزدیک. فرحان اسـت؟ می‌نشـینم روی سینه‌اش.

می‌گویم: «کجا دفنم کردی؟»

می‌خندد. خنجر را بیرون می‌کشـم. با زانو به سـینه‌اش فشـار می‌آورم. نفسش بـه خس‌خس می‌افتد.

می‌گویم: «می‌خواستم دخترت را بگایم. می‌دانستی؟»

صدای شکسته‌شدن استخوان‌های قفسهٔ سینه‌اش را خوب می‌شنوم.

می‌پرسم: «کجا دفنم کردی؟»

می‌گوید: «خیلی خون از من رفته. تشنه‌ام.»

می‌گویـم: «به‌دنبـال جسـدم این گـودی را شـخم می‌زنم. کار پسـرت را آسـان کن.»

می‌گوید: «آب!»

رابینسون کروزوئه بالای سرم ایستاده است. می‌گوید برای تحقیقات روی صدای پدرم نیاز به تارهای صوتی او دارد. می‌گوید بهتر است سرش را از پشت ببُرم. می‌گویم اگر چنین کنم در برنامهٔ پرگار، داریوش کریمی با من مواجهه خواهد کرد و مرا تحویل خواهد گرفت؟ یا باز انگار که من نباشم برنامه برگزار خواهد شد؟

می‌گوید: «ضمناً نمونه تا حدی که ممکن است باید خشک باشد.»

فشار زانو را روی سینه‌اش بیشتر می‌کنم. مادرم از جسم پدرم جدا می‌شود و کنارم می‌نشیند.

می‌گوید: «پدرت تشنه است.»

نگاهش می‌کنم. می‌داند کجا دفن شده‌ام؟ پدر را به پشت برمی‌گردانم. دستم را زیر چانه‌اش فشار می‌دهم تا زاویهٔ بین پشت گردن و پشت سرش نود درجه شود. خنجر را بر پشت گردن پدر می‌گذارم. مادر خیره نگاهم می‌کند.

می‌گویم: «می‌کشمش. بگو کجا دفنم کردید؟ کجا قرار است آبم بدهید تا باز سبز شوم؟ در زهدان تو؟»

نگاهم می‌کند. دریا دریا فاصله بین ماست.

رابینسون می‌گوید: «وقتی در این زاویه قرار گرفته‌اید، ابتدا باید یک شکاف عمیق در پس گردن همراه با شکستن مهره اتفاق بیفتد. در غیر این‌صورت عمل بریدن سر درست به انجام نمی‌رسد.»

می‌گویم: «دخترت را بعد از اینکه سرت را ببرم (خنجر را نشان مادر می‌دهم) و سرش را ببرم، خواهم گایید. مطمئن باش.»

پدرم می‌غرد بی‌نا و بی‌نوا. ضربهٔ اول را محکم می‌زنم. مهره می‌شکند؛ مادرم زل‌زده و مبهوت. ضربهٔ دوم را می‌زنم. ردی از خون بر گردن می‌افتد. ضربهٔ سوم را می‌زنم. خنجر در میان مهرهٔ گردن گیر می‌کند. چکمه را روی ستون فقرات پدر می‌گذارم و با فشارِ پا به ستون فقرات و کشیدن دست در

جهت مقابل خنجر را بیرون می‌کشم. تا به رگ‌های اصلی برسد کار دارد. صدای هلهلهٔ زن‌ها می‌آید. ضربهٔ هفتم را که می‌زنم کند می‌شود. کنار مادر می‌نشینم و خنجر را به سنگ می‌کشم تا تیز شود و نمی‌شود. کارد که تیز نباشد، کار کند می‌شود. خنجر را روی شاهرگ چندین بار پس‌وپیش می‌کنم تا شاهرگ پاره شود و خون فواره بزند به صورتم. بیشتر فشار می‌دهم کارد را. خنجر را گیر می‌دهم به دو سر گردن و دستم را به دسته محکم می‌کنم و با چکمه‌ها لگدی به تیزی خنجر می‌زنم تا فرو رود. صدای فرورفتن آهن در گوشت چقدر لذت‌بخش است.

مادرم می‌گوید: «چشم‌های مرا می‌بینی؟»

سر پدر به پوستی آویزان است و تنه‌اش روی زانوهای من.

می‌گویم: «مادر! قیچی همراهت است؟ این تکه‌پوست با خنجر بریده نمی‌شود. می‌خواهم قیچی‌اش کنم.»

سر پدر را از موهایش می‌گیرم و می‌کشم. پوست ناگهان پاره می‌شود. سر پدرم در چنگم و من به کناری می‌افتم. ولی زود برمی‌خیزم. خدا نباید افتاده باشد. تعزیه‌چی‌ها رسیده‌اند؛ با اسب و فیل و شتر.

می‌گویم: «به امیر لشکر ناصرالدین‌شاه احترام بگذارید در این نبرد آخرالزمانی. در برابرم رژه بروید.»

جنازهٔ پدرم هنوز نفس می‌کشد که پیل‌ها و اسب‌ها و شترها از جنازه‌اش می‌گذرند و انگار که من را نشنیده‌اند و تنها می‌روند تا تعزیه را اجرا کنند. سر جداشدهٔ پدر را از گیسش می‌گیرم و می‌چرخم. با مادر چشم‌به‌چشم می‌شوم. خون از رگ‌های گردن پدر می‌چکد. صدای هلهلهٔ زن‌ها می‌آید.

فریاد می‌زنم: «آن دختر باقیمانده از دو خواهر را آماده کنید. به حجله می‌روم.»

صحنه خالی از تماشاگر است و صدای هلهله انگار نوار ضبط‌شده‌ای باشد کـه گـاه و بیگاه از بلندگوهـای حسـینیهٔ ناصرالدین‌شـاهی پخـش می‌شـود. خالد کجاست؟ باید عـده‌ای کمک‌کارم شـوند تا این گـودی را وجب‌به‌وجب حفر کنم تا جسـدم را بیابم. تعزیه‌خوان‌ها بلند بوق و شـیپور و طبـل می‌زننـد. محمدباقـر معیـن البکاء می‌آیـد و پیروانـش از پس:

می‌گوید: «خدا لعنت کند...»

متابعین می‌گویند: «خدا لعنت کند...»

می‌گوید: «دشمنان حضرت ناصرالدین‌شاه را در این روز عزیز...»

متابعیـن می‌گوینـد: «دشـمنان حضـرت ناصرالدین‌شـاه را در ایـن روز عزیز...»

امروز چه روزی است؟ چه ماهی است؟ چه سالی است؟

معین البکاء می‌گوید: «نیت می‌کنم...»

متابعین می‌گویند: «نیت می‌کنم...»

معین البکاء می‌گوید: «به قطعه‌قطعه‌کردن دشمن ناصرالدین‌شاه...»

متابعین می‌گویند: «به قطعه‌قطعه‌کردن دشمن ناصرالدین‌شاه...»

معین البکاء می‌گوید: «قربة الی الله...»

متابعین می‌گویند: «قربة الی الله...»

معیـن البکاء تکـه‌ای از پدرم را با چاقو می‌بـرد. گمانم انگشـت حلقۀ او باشـد. و متابعیـن به‌دنبالش هر کـدام تکه‌ای.

کسـی از روحانی عمامه‌بزرگ می‌پرسـد: «پدرم ضعیف و ناتوان اسـت و نمی‌تواند تکه‌ای از این جسـد ببرد. حکم چیسـت؟»

روحانی عمامه‌بـزرگ می‌گوید: «یا نایبی بـرای این کار بگیـرد کـه به‌جایـش مثله کند یـا اگر می‌توانـد با عصـا بیاید، بیایـد و با عصایش فشـاری بـه این جسـد وارد کند که خـدای مهربان سـاده می‌گیرد بر بندگانـش، عزیزم.»

و آن‌سوتر، زنانی و مردانی دور هم می‌رقصند و آهنگ می‌خوانند و فیلم می‌گیرند:

«روی پله مو

عو

کمه جنبه مو

عو

کاش تو این وضع نبینم حداقل اکسمو

عو»

و الکل و ماری‌جوآنا زینت‌بخش محفلشان است.

و کناری عده‌ای نوحه بر حسین می‌کنند و سینه می‌زنند و خود را سگ حسین می‌نامند و در میان نوحه‌هایشان عوعو می‌کنند به‌تقلید از سگ. میان‌دارشان که تن برهنه کرده است تا ضربات دستش به سینه‌اش دردناک‌تر شود، تا درد عزا را بیشتر به جان بخرد، می‌گوید: «امروز این مذبوح ملعون خدانشناس (و مقصودش پدر است)، یکی از کسانی را که الان باید میان ما بود تا عزاداری کند، شهید کرد (و مقصودش مردی است که پدرم او را کشت).»

و عزاداران می‌گریند.

و میان‌دار می‌گوید: «خدا لعنتش کند. به‌نیابت از او بلند بگو!»

و پدرم را لعن می‌کنند.

و فریاد می‌زند: «مظلوم!»

و عزادارن فریاد می‌زنند: «حسین!»

و میان‌دار فریاد می‌زند: «شهید!»

و عزاداران فریاد می‌زنند: «حسین!»

و مادر من نشسته و مبهوت جایی را خیره نگاه می‌کند و من سر

خون‌چکان پـدر در دسـت و بایـد ایـن گـودی را وجب‌به‌وجب حفـر کنم تا جسـدم را بیابـم و آیـا پـدرم مرا کاشـته اسـت در زهـدان مـادرم و آبیاری‌اش می‌کنـد تـا بـاز برویـم؟ به چـه امیدی؟

و رقاصـان زن بـا لباس‌هایـی انـدک فریـاد می‌کشـند و هلهلـه می‌کننـد: «ایـن سـینه‌ها مرمر ماسـت.»

و عـزادارن مَـرد دور می‌چرخنـد و بـر سـر و سـینه می‌زننـد و فریـاد: «ناصرالدیـن سـرور ماسـت.»

و گمانـم مـرا در زهـدان مـادرم دفـن کـرده باشـد کـه چنیـن محو شـدم به‌نـاگاه. چـه بایـد کـرد بـا زهـدان مـادر؟ نیـزهٔ نیـزه‌دار تعزیه کجاست؟

فصل چهل و ششم

مونیکا و ملیکا نزد آنجلا رفتند و او را از تصمیم مهم خود آگاه کردند. آنجلا صدراعظم امپراتوری پروس بود که پس از فتح مغرب به‌دست ناصرالدین‌شاه، حالا به منصب ریاست حرمسرای ناصری درآمده بود. مونیکا و ملیکا تصمیم گرفته بودند توبه کنند و خود را به حرمسرای ناصرالدین‌شاه تقدیم نمایند. آنجلا رسالهٔ عملیه را می‌گشاید و می‌گوید: «مطابق فتاوی روحانیون معظم، ازدواج هم‌زمان با دو خواهر برای مردان حرام است.» مونیکا و ملیکا بسیار افسرده و غمگین می‌شوند. آن‌ها گمان می‌کنند که لابد خداوند توبهٔ ایشان را نپذیرفته است و این حکم نشانی از عدم پذیرش توبهٔ ایشان است. شب در خواب حلما و سلما را می‌بینند که هر دو در حرم ناصرالدین‌شاه خود را تقدیم به ناصرالدین‌شاه کرده‌اند. ناصرالدین‌شاه حال آنکه عریان است و بدنی عضله‌دار و شکمی شش‌تکه دارد و سبیلی چرب‌شده که دو بند انگشت از صورتش بیرون زده است، سر خود را از میان توپ مرواری بیرون آورده و می‌گوید حلما و سلما هر دو از حوریان بهشت‌اند و کاتبان حرمسرا این جمله را چون کلامی مقدس ثبت و ضبط می‌کنند

و صدای خنده‌های ریز حلما و سلما و هُرم نفس‌های آتشینشان در عالم رؤیا احساس می‌شود. صبح روز بعد مونیکا و ملیکا نزد آنجلا می‌روند و خواب خود را تعریف می‌کنند. آنجلا صیحه‌ای می‌زند و از هوش می‌رود. وقتی به هوش می‌آید، می‌گوید به‌راستی که این رؤیای صادقه‌ای است و دیشب حلما و سلما در بستر ناصرالدین‌شاه بودند. مونیکا و ملیکا لب به اعتراض می‌گشایند که چطور آن دو خواهر را در حرمسرا راه داده‌اند و ایشان را نه و این چه تبعیضی است؟ آنجلا گفت که پذیرش حلما و سلما در دورهٔ پیش از تصدی او در حرمسرا بوده است و او مطابق شرع انور تصمیم می‌گیرد. ملیکا و مونیکا می‌گویند شرع پوسته‌ای بیش نیست و رساله‌های عملیه کاغذ و مرکب‌اند و روح شریعت، شادی دل ناصرالدین‌شاه است. آنجلا از این سخن به فکر فرو رفت. به‌راستی در نزاع روح و حقیقت دین که فرح ناصرالدین‌شاه باشد با پوستهٔ دین چه باید کرد؟ دین را از روح خالی‌کردن چقدر قبیح و بی‌احترامی به ظواهر دینی چقدر وقیح است. مونیکا و ملیکا برای اعتراض به حرم حضرت عبدالعظیم در ری رفته و متحصن شدند. در آنجا با یکی از دانشجویان مکتب روشنفکری دینی آشنا شدند که از شاگردان مبرز سید جمال‌الدین اسدآبادی بود و نامش میرزارضای کرمانی و در پر شالش طپانچه‌ای مسلح. به او ماجرای خود را گفتند، آن هم درست در روزی که ناصرالدین‌شاه آرزوبخش قصد زیارت حرم حضرت عبدالعظیم داشت. میرزای کرمانی وقتی متوجه موضوع شد، به مونیکا و ملیکا توضیح داد که مهم قصد ایشان بوده که توبهٔ حقیقی و دلباختن به دستگاه ناصرالدین‌شاهی است. میرزا پذیرفت که به نیابت ناصرالدین‌شاه مونیکا و ملیکا را به منزل خود ببرد و حرمسرای خود را با این دو خواهر فرنگی افتتاح نماید. ناصرالدین‌شاه نیز با زیارت

مقبول و حاجات برآورده‌شده به دارالحکومة العالمیه بازگشت. در پایان این فصل توجه شما را به چند پاورقی جلب می‌نماییم. ۷۴

۷۴- سیدجمال‌الدین اسدآبادی به‌نقل از محققان، پدر روشنفکری دینی در عالم اسلام است.
میان‌دار در هیئت عزادار شخصی است که در میانهٔ جمعیت عزادار می‌ایستد و ایشان را به‌لحاظ انجام صحیح مناسک عزاداری رهبری می‌کند.
شعر مشهور در رادیو ناصرالدین‌شاهی که روزی چند بار خوانده می‌شود، این است: یا همه عالم بگیریم یا بر عالم پی زنیم / گر جهان لشکر بگیرد بر جهان لشکر کشیم / راهی کوی بلاییم ای دلیران الصلا / غازیان کربلاییم کی گریزیم از بلا

فصل چهل و هفتم

مـن و مـادر روی سکوی حمـام نشسـته‌ایم و پدر ما را می‌شـوید. پدرم سر نـدارد و از رگ‌های گردنش خون می‌پاشـد به تن مـن. و از زهدان مادرم خون می‌پاشـد. مـادرم عجله دارد کـه زودتر حمامش تمام شـود تا به قبرسـتان بر مـزار پدر بـرود و آبگینه‌هـا را پر کند.

می‌گویم: «کتابم تمام شده است، می‌خوانیدش توی قبر؟»

می‌گویـد: «مـن که سـر نـدارم چیـزی بخوانم. خـودت برایـم بخوانش. وقتـی توی قبر آمدی و بـا هـم خوابیدیم.»

و بعد زیر لب می‌گوید: «من کار دارم. تا کارم تمام نشود، نمی‌میرم.»

و خون از حنجره‌اش می‌پاشد.

نشر رها منتشر کرده است:

- **ریشه‌ها و نشانه‌ها در نمایش میر نوروزی، مرتضی مشتاقی،** مارس ۲۰۲۳، ونکوور
- **بوی برگ شمعدانی، مجید سجادی تهرانی،** مهٔ ۲۰۲۳، ونکوور
- **خطابه‌های راه‌راه: داستانی ناتمام، محمد محمدعلی،** ژوئن ۲۰۲۳، ونکوور
- **شام کریسمس؛ خورش قیمه‌بادنجان، نوشا وحیدی،** ژوئن ۲۰۲۳، ونکوور
- **سنگام و دیگر داستان‌ها، مهرنوش مزارعی،** آوریل ۲۰۲۴، ونکوور
- **شهر کریستال، مریم رئیس‌دانا،** آوریل ۲۰۲۴، ونکوور

برای خرید نسخه‌های الکترونیک و چاپی کتاب‌های نشر رها به‌صورت آنلاین از لینک زیر استفاده کنید یا از طریق تبلت یا تلفن هوشمندتان کد QR زیر را اسکن کنید:

https://bit.ly/RahaaBookstore

Pedaram Kālīgūlā rā mīkoshad
(My Father Kills Caligula)
Alireza Javanmard
Editor: Taraneh Vahdani
Cover Design: Alireza Javanmard

Rahaa Publishing is the book publishing division of Hamyaari Media Inc.
PO Box 31055, St Johns Street, Port Moody, BC V3H 4T4, Canada
+1-604-671-9505
info@rahaa.pub
www.rahaa.pub

Copyright © 2025 by Rahaa Publishing
All rights reserved, including the right to reproduce this book or portions thereof in any form whatsoever. Without limiting the rights under copyright reserved above, no part of this publication may be reproduced, stored in or introduced into a retrieval system, or transmitted in any form or by any means (electronic, mechanical, photocopying, recording or otherwise), without the prior written permission of the publisher.

Pedaram Kālīgūlā rā mīkoshad
(My Father Kills Caligula)
Print ISBN: 978-1-7383638-2-7
eBook ISBN: 978-1-7383638-3-4

CW01511798

Pedaram Kālīgūlā rā mīkoshad

(My Father Kills Caligula)

Alireza Javanmard

نشـــررهـا

Vancouver, Canada